Elisa Maino

#Ops

Rizzoli

Pubblicato per

Rizzoli

da Mondadori Libri S.p.A.

ISBN 978-88-17-10165-3

Prima edizione: maggio 2018

#Ops

Per tutte quelle volte che mi sono addormentata con
la tua voce che mi raccontava una storia.
Ora la storia voglio raccontartela io, e spero che
anche dalle nuvole tu la possa sentire.

I

Occhi del colore del mare, lui le sorride e le sfiora la mano, lei arretra di qualche passo, come un cerbiatto davanti al cacciatore.

«Cosa ci trovi di speciale in me? La mia vita è un casino, quello che amo finisce sempre per ferirmi, sono insicura, cambio umore quattro volte al giorno, mi perdo in una goccia d'acqua» sussurra lei tutto d'un fiato. Lui le stringe la mano più forte, i suoi occhi hanno cambiato ancora colore, il verde acqua è diventato blu tempesta. «Tutto quello che hai detto, e molto altro.»

Prima che lei possa rovinare il momento, lui la stringe a sé in un bacio.

Metto la serie tv in pausa e guardo la strada. È più forte di me, in pullman mi viene sempre la nausea, non posso guardare il cellulare per più di dieci minuti, ma meglio così, capitare per sbaglio in qualche profilo Instagram sbagliato non farebbe altro che peggiorare la mia situazione, già di per sé traumatica.

In un istante mi immagino Leila e Johnny, in una delle affollate spiagge di Riccione a giocare a pallavolo, si schizzano, si rincorrono e quando non hanno più fiato si rilassano sul lettino al sole. Il pullman prende una curva troppo stretta e la mia testa fa quattro capriole, deglutisco di colpo. Aiuto. Mi sento ghiacciare la punta delle dita, stringo forte il cellulare costringendomi a non guardarlo. Pensa a qualcos'altro, pensa a qualsiasi cosa, mi dico. Mi viene in mente, non so perché, una delle immagini più imbarazzanti della mia infanzia. Io che inciampo nella torta di compleanno rovinando il vestito nuovo e la mia reputazione.

Ok, pensare ad altro non funziona. Ma su un pullman non è che ci sia molto da fare, a parte sentire la musica, ma certo, infilo la mano in tasca alla ricerca delle mie preziose cuffiette usate poco prima. La prima cosa che estraggo è il volantino accartocciato di una pasticceria dove io e Johnny abbiamo mangiato una meringata mega, in centro. Ricordo come se fosse ieri lui che mi imboccava con la forchetta sporcandomi il naso di panna, il mio Johnny. No. Proviamo nell'altra tasca. Ed eccola lì, la catenina che mi ha regalato Leila l'ultimo giorno di scuola, ci sono le nostre iniziali, legate insieme come sorelle gemelle. Dio, quanto mi manca. Gli occhi mi si appannano di lacrime, ma le ricaccio indietro guardando il soffitto del pullman.

La signora seduta di fianco a me mi guarda stranita.

«Tutto bene cara?»

«Io? Ah sì, cioè: stavo pensando quanto sarebbe bello se al posto di questo rivestimento color topo ci fosse un vetro e si potesse vedere il cielo!»

Squittisco. La signora mi lancia un'occhiata compassionevole e se ne esce con un «Sì sì certo» per niente convinto. Mi volto a guardare fuori dal finestrino scuotendo la testa, sono un casino, il paesaggio si fa sempre più verdeggiante, la strada è un labirinto in salita di miei "ma" e "forse", riesco a scorgere un coniglio fare capolino da un cespuglio, ma la montagna è ancora lontana.

Il mio cellulare suona. È Johnny. Rispondo senza pensarci due volte.

«Hey Evy, sei già arrivata?»

«Ciao! Johnny! No, quasi però...»

«Evy non ti sento, ma dove sei? Parla più forte.»

Maledizione, con le cuffiette sarebbe tutta un'altra cosa. Accidenti a me.

«Ho detto che manca poco!» ripeto, a voce più alta. La signora seduta accanto a me mi fulmina con lo sguardo.

«Evy senti, non so in quale parte del mondo tu sia ma non si sente niente, cioè, è come se fossi dentro a un buco nero.»

«Sono sul pullman e credo di essere quasi arrivata!» urlo, tutto d'un fiato. La signora sbuffa e sussurra qualcosa in un dialetto per me incomprensibile, ma intuisco che non si tratta di un complimento alla mia educazione, sicuramente. Ops.

«Ah ok! Ora ti sento. Io e Leila abbiamo fatto una partita pazzesca a pallavolo contro altri ragazzi, pensa che li abbiamo stracciati, avevamo fatto una scommessa prima di iniziare e ora uno di loro deve andare da una sconosciuta e dirle "ti amo fiorellino".»

Johnny ride, cavolo come mi manca la sua risata.

«Ti passo Leila che ti vuole salutare, ci manchi Evy, mandaci una foto appena arrivi, voglio essere sicuro che ti trovi bene!»

Non faccio in tempo a rispondere che sento la voce energica della mia migliore amica.

«Ciao Honey! Come stai?»

Io e Leila ci chiamiamo "Honey" dalle elementari, e questo soprannome non è più cambiato, come la nostra amicizia, d'altronde. Johnny, all'anagrafe Giovanni, invece è in teoria il mio migliore amico, in pratica ho una cotta per lui da anni, ma non l'ho mai detto a nessuno, nemmeno a Leila, non posso rischiare di rovinare la nostra amicizia, noi tre siamo inseparabili, non riesco a immaginare la vita senza di loro.

«Abbastanza bene, Honey.»

Rispondo, poco convinta.

«Evy, non sento niente. Comunque sei una stronza e ci manchi da morire, non posso credere che non ti abbiano lasciata venire.»

Sospiro. I miei genitori hanno preso le vacanze a luglio, perché ad agosto c'è troppa gente in giro e bla bla bla. Risultato? I miei amici sono al mare con le famiglie ora, e io sto andando in montagna dalla nonna.

La nonna, che poi, chi la conosce? Praticamente non ci siamo mai viste, è impossibile per lei scendere a Milano da così lontano e quindi per me è una mezza sconosciuta, l'unica cosa che so di lei è che ogni cinque mesi ci invia delle buste con un piccolo fiore all'interno. Curioso, vero? Be', ma a quanto pare la connessione in montagna non funziona così bene, e poi la nonna non può scrivere, ha perso la vista in un incidente da ragazza.

«Comunque Johnny dice di chiamarci appena arrivi, dobbiamo sentirci tutti i giorni! Così è come se tu fossi qui con noi! Ah, a proposito, ho una crush che sono sicura approveresti. Voglio assolutamente le foto dei tipi più fighi lì, hai notato qualcuno sul pullman?»

Do un'occhiata in giro, il ragazzo più giovane avrà

almeno cinquant'anni. Ma tanto lo so già che sono destinata a rimanere single a vita, mi comprerò un gatto grasso e sarò felice così.

«Va be', Evy non ti sento e mi sto rompendo di parlare a vuoto, chiamami quando arrivi così possiamo avere una conversazione normale. Ti amo Honey!»

«No Leila aspetta, volevo chiederti di…»

La signora sbuffa rumorosamente, ora mi sta proprio guardando male. La conversazione finisce così, nel vuoto, e io rimango con il cellulare in mano. Chiederti di portarmi una conchiglia, penso, prima di tornare a guardare fuori dal finestrino, sconfitta. Il pullman si è fermato per far attraversare un gruppo di pecore, una di queste si è messa proprio sotto al mio finestrino e mi fissa con il suo musetto bianco panna. Ciao dea della montagna, penso, non rendere la mia vita più incasinata di quella che è, voglio solo stare tranquilla, chiudere gli occhi e sperare che tutto questo passi più veloce di un lampo. La pecora muove la piccola coda, qualcosa nella sua espressione mi suggerisce un sorriso.

2

Siamo arrivati. Mi infilo il cappotto alzandomi dal sedile e noto, prima di scendere, che le cuffiette erano proprio sotto il mio sedere. Ops, fantastico.

Scendo dal pullman, una ventata d'aria fresca mi abbraccia, finalmente respiro. Attorno al pullman sono raccolte famiglie e bambini, tutti aspettano qualcuno, ma chi aspetta me? Non ricordo bene com'è fatta la nonna, dunque attendo che la folla si diradi. Il sole sta tramontando, i colori del cielo si tingono di rosa cipria e poi, di colpo, di rosso fragola. C'è un'anziana signora con i capelli argentei ferma a pochi metri da me, tiene in mano un mazzolino di fiori, accanto a lei un cane nero con una sola zampa bianca. È la nonna Lea. Mi avvicino timidamente.

«Nonna?» chiedo.

La nonna mi sorride, indossa sottili occhiali da sole con lenti color nocciola, il suo volto è rassicurante.

«Evy, sei tu?» mi domanda con un sorriso, allunga la mano e io le porgo la mia, la stringe, e per un attimo mi sento a casa.

«Sono così felice che tu sia qui!» ammette, lasciandomi nel palmo il mazzolino di fiori. Percorriamo una strada sterrata che costeggia un immenso prato, la nonna dice che la casa si trova al confine del bosco. È incredibile quanto sia assolutamente a proprio agio, sa esattamente come muoversi, quale strada prendere. Se non fosse per gli occhiali da sole nessuno direbbe che sia cieca.

«Ti aspettavi una vecchietta con il bastone bianco? Oppure pensavi che Lucky fosse un cane guida?» Mi legge nel pensiero.

«Be', in effetti sì, almeno, le poche volte che ho visto un...»

Non so perché ma dire la parola "cieco" mi crea imbarazzo, ma la nonna sorride, tranquilla.

«Insomma, a Milano sono diversi» riesco a dire.

«Lo so, a Milano tutto è diverso da qui. Conosco queste strade come le mie tasche, è rimasto tutto come allora, quando ero giovane e non avevo ancora perso la vista. A destra qui c'è un albero di ciliegie, giusto? E dovrebbero essere già mature.»

Mi giro e lo vedo, un maestoso albero con succosi frutti rossi.

«Saresti così gentile da offrirmene una?» chiede la nonna.

«Certo!»

Mi avvicino all'albero e gentilmente ne stacco un paio, estraggo il cellulare e faccio subito una foto da condividere su WhatsApp con Leila e Johnny: "Io e la nonna sconosciuta mangiamo ciliegie al tramonto". Invia. Ma le doppie v non spuntano, la connessione è troppo debole, accidenti. Lungo la strada verso casa della nonna respiro un silenzio nuovo, non è imbarazzante come mi aspettavo che fosse, mi chiedo se per lei sia lo stesso. Poco prima dell'ingresso la chiamata di mia madre non si fa attendere.

«Come è andato il viaggio? Hai trovato la nonna?»

A volte mi fa sentire una perfetta incapace, che poi il più delle volte è quello che sono, ma comunque. In ogni caso, dopo una serie di domande la cui risposta è ovvia o inutile, mi racconta che a Milano lei e papà stanno lavorando come pazzi, ho fatto bene a partire, mi dice. Questo è tutto da vedere, penso.

La casa della nonna è gigante, decisamente troppo grande per una donna sola. Più che una casa sembra una baita, è interamente fatta in legno scuro, al primo piano ci sono un salotto con un camino gigante, la cucina, il bagno e uno studio con carta da parati giallo ocra, al secondo piano due camere da letto, una della nonna e poi quella di mia mamma di quando era bambina, che ora è la mia. Ah, in teoria c'è anche una soffitta, quella però non la visitiamo.

Osservo la mia stanza, è piccola ma davvero carina, noto delle foto ingiallite di mia mamma da giovane appiccicate al muro, mamma a una festa nel bosco, mamma che fa il bagno nel lago, mamma insieme a un ragazzo che non è papà. Ok, forse non voglio sapere altro.

È strano pensare ai nostri genitori come ragazzi della nostra età, cioè, so benissimo che anche loro sono stati giovani ma... se penso a mia mamma da ragazza mi viene da ridere, non riesco proprio a immaginarla a combinare casini, lei che è una maniaca del controllo.

Tiro fuori il cellulare e controllo WhatsApp, il messaggio non è ancora stato inviato, sapevo che qui la connessione non funziona bene, ma non pensavo fosse una simile tragedia. Guardo fuori dalla finestra, la sera cala lentamente sopra il bosco che fa da confine, di sera mi sento sempre un'altra persona, sono più riflessiva ma anche più malinconica, altre volte invece sono carica e piena di vita, mi sento diversa comunque, è come se ci fossero due Evy, quella del giorno e quella della notte, ma chi delle due è quella vera?

La cena è pronta, sento salire dalla scala un profumo di arrosto e qualcos'altro di dolce che mi ricorda i lamponi. Seguo l'odore e zampetto fino alla cucina.

«La mamma mi ha detto del tuo provino di danza.»

La nonna taglia una fetta di arrosto. La danza. Il mio sogno. L'unica cosa che riesco a fare senza dire "ops" ogni cinque minuti.

«Sì, sarà a settembre, io ci spero tanto.»

La nonna versa il sugo di lamponi nel piatto.

«Non ci devi sperare, ci devi credere.»

È vero.

«È che quando danzo divento un'altra persona, nella vita reale sono super incasinata, nella danza invece tutto ha un senso.»

Ecco, un altro discorso che mette in risalto le due mie metà, le due Evy. La nonna mi porge il piatto, l'odore è sublime.

«E qual è il problema?» mi chiede.

«Il problema è che nella vita reale mi sembra impossibile che io sia in grado di ballare, e quindi mi mette ansia pensare al provino.»

La nonna tocca la tovaglia alla ricerca di una forchetta, vorrei aiutarla ma penso che sia scortese mettere in dubbio il suo senso dell'orientamento.

«Evy, ma non c'è differenza tra la danza e la vita reale, tu sei la stessa persona.»

Afferra la forchetta, ce l'ha fatta. Quanto è vero, io non sono due persone diverse, sono la stessa persona, solo un po' complicata. Assaggio l'arrosto e subito mi torna in mente un ricordo da bambina, io in montagna con la mamma e la nonna a giocare in riva a un laghetto con una barchetta di carta durante una grigliata, ma non ero sola, c'era anche un'altra bambina bionda, il suo nome mi torna in mente come un lampo a ciel sereno. Alice.

3

Mi sveglio con i primi raggi del sole, assonnata, il cuscino è caduto per terra e la coperta è tutta appallottolata, il letto è un casino, ops, mia mamma dice che ballo anche quando dormo. Guardo l'ora sul display e sono le otto e trenta. Aspetta, le otto e trenta? In un giorno di vacanza? Ma la nonna bussa alla mia porta, probabilmente lo sta facendo già da dieci minuti, ecco perché mi sono svegliata.

«Ci sono!» strillo, cadendo letteralmente giù dal letto.

«Tutto bene?»

«Sì, sono viva!»

Spalanco la porta.

«Ti ho svegliata presto perché c'è una tua vecchia amica che vorrebbe salutarti, si è fermata da noi per la colazione, non so se il suo nome ti dice qualcosa, si chiama Alice.»

Alice, le barchette nel lago, la grigliata, ma certo.
«Mi infilo qualcosa e scendo!»
«Va bene, ti piace la crostata? Cosa mangi a Milano per colazione?»
Cosa mangio a Milano per colazione? Mmm, vediamo, caffè e... Ho sempre detestato le pubblicità patinate con le famiglie felici che mangiano brioche in giardino, la colazione per me è cercare di ingurgitare caffè e biscotti, possibilmente senza soffocare, mentre penso a come coprire le mie orribili occhiaie con un fondotinta miracoloso.
«Certo!» mi limito a dire.
«Bene, ti aspettiamo di sotto.»
La mia prima giornata è ufficialmente iniziata, un po' prima del previsto direi, ma cerchiamo di essere positive. Tanto cosa ho da perdere?! Devo solo allenarmi come una matta per il provino, non pensare ai miei amici a Riccione, disinnamorarmi di Johnny e non distruggermi l'esistenza. Facile, no?
Faccio una doccia velocissima, mi lavo i denti e corro giù per la scala ancora con i capelli umidi. Seduta allo stesso tavolo dove ho cenato ieri sera c'è Alice, occhi azzurri e un sorriso dolce.
Alice si alza e mi abbraccia, è più alta e robusta di me.
«Mi hanno detto che saresti arrivata oggi e non ho resistito! Ho ricordi bellissimi di noi due bambine!»

Restituisco l'abbraccio, timida.

«Scusami, sono stata troppo irruenta? È che... sai, non abbiamo tanti ospiti qui! Solo turisti di una certa età... Quindi mi fa un sacco piacere, una faccia nuova!»

Che carina, è un po' troppo espansiva ma è dolce, preferisco le persone così a quelle scontrose e riservate.

«Fa piacere anche a me! Sai, non conosco nessuno qui.»

Ci guardiamo per un attimo negli occhi, prima che il silenzio diventi imbarazzante la nonna ci salva e mette in tavola la crostata. Non sono una fan della marmellata, preferisco il cioccolato ma questa sembra proprio deliziosa!

«Servitevi pure, è appena uscita dal forno.»

Taglio un piccolo pezzo, la pasta è fragrante e dorata. Assaggio. La marmellata di fragole è calda e dolce, si mischia alla frolla in un abbraccio friabile. Wow, questa torta è spaziale.

Io e Alice ne facciamo fuori metà in un quarto d'ora chiacchierando del più e del meno.

«Quindi sei una ballerina?» mi chiede. Lucky entra in cucina e appoggia il muso morbido sulla mia gamba.

«Non proprio, cioè: lo sono ma non sono una professionista, per questo vorrei andare all'accademia, ma devo passare un esame difficilissimo.»

«Accipicchia!»

Ma come parla? Sorrido, è proprio tenera Alice.

«Sì, pensa che sul sito dell'accademia ogni giorno caricano un video con dei passi di danza, dobbiamo studiarli tutti, alcuni di questi verranno chiesti all'audizione…»

«Ma ti hanno già presa?» mi domanda, mangiando l'ultimo pezzo di crostata.

«No, prima però devo studiare i passi, oggi devo assolutamente connettermi al sito…»

Alice si volta verso nonna in cerca di aiuto ma lei sta innaffiando dei gerani.

«La connessione dove funziona meglio?» ripeto, più convinta. Alice mi osserva stranita e spaventata. Ma cosa ho detto?

«Non c'è la connessione qui, da nessuna parte. I cellulari prendono, puoi chiamare ma non connetterti a internet.»

La crostata mi si ferma a metà gola, tossisco rumorosamente, Alice mi passa un bicchiere d'acqua gelida.

Cosa

Ha

Appena

Detto?

La mia faccia deve assomigliare a quella del mostro di *Stranger Things*, perché Alice si corregge subito, intimorita.

«Cioè, un posto ci sarebbe...»

La nonna è rientrata in casa e storce il naso.

«Sì ma è molto scomodo» taglia corto.

«No, ti prego, continua» riesco a dire, deglutendo, ad Alice.

«In cima alla montagna, trenta minuti a piedi da qui, vicino a casa di Chris.»

Chris chi?

«Quella famiglia è un disastro» sussurra la nonna. Quale famiglia? Non ci sto più capendo niente, ma mi importa solo che ci sia una via d'uscita a questo incubo.

«Mi puoi accompagnare???» imploro Alice, seriamente preoccupata.

Silenzio.

«Sì» ammette lei in un timido sorriso.

«Sì» ripeto io. Ed è da quel "sì" che inizia la mia storia.

4

L'iPad e una bottiglia d'acqua nello zaino sembrano dei mattoni dopo dieci minuti di camminata. La montagna mi coglie impreparata. Alice, invece, risale il pendio senza alcuno sforzo, chiacchiera e non ha nemmeno il fiatone. Ma come cavolo fa? E poi io non è che sia completamente priva di allenamento, ma nonostante tutto...

Un fruscio in un cespuglio mi fa sobbalzare. Un musino color cioccolato spunta fuori e subito si nasconde. Alice ride di gusto.

«È solo un coniglio!» Certo, stupida io. Il caldo inizia a farsi insopportabile, rimpiango da morire la mia camera a Milano con l'aria condizionata sparata a bomba.

«Quanto manca?» chiedo in un sussurro. Il sole ormai è alto in cielo, il peso dello zaino è insostenibile.

La testa inizia ad assomigliare a una giostra, o respiro o cammino.

«Siamo quasi a metà!»

Q

U

A

S

I

?

Le gambe iniziano ad andare per conto loro, non le sento più.

«Alice...»

Alice capisce.

«Riesci a raggiungere quello spiazzo? Ci sono un laghetto e degli alberi, possiamo sederci lì al fresco.»

Mi fermo un attimo e appoggio le mani sulle ginocchia, sfinita.

«Sì, va bene.»

Mi trascino fino allo spiazzo, sento dolore a dei muscoli che non pensavo nemmeno esistessero. Mi siedo al fresco sotto quello che Alice chiama ippocastano, ma prima che possa tirare un sospiro di sollievo uno spruzzo d'acqua gelida mi inzuppa i capelli. Non capisco da dove sia arrivato. Mi strofino gli occhi, stordita, il mascara cola e mi macchia la maglietta. C'è un ragazzo grassottello in acqua, nel lago di fronte a me.

«Ehi, scusami!» mi dice. Ma da dove viene? Mi passo un dito appena sopra le guance, per togliere il trucco sciolto. Noto tre ragazze in riva al lago, i costumi troppo stretti mettono in risalto i loro corpi tonici e strati di pelle che dovrebbero rimanere nascosti.

«Vai Chris!» cinguettano. Il ragazzo grassottello in acqua alza la testa verso il cielo, e io con lui. Lo vedo. Sul punto più alto della roccia c'è un altro ragazzo, in bilico sul precipizio, alza le braccia distendendo i muscoli e si passa una mano nei folti capelli castani.

«Daje Chris!» urla il ragazzo in acqua.

Quello sulla roccia indietreggia ancora di un passo, forse è spaventato? Alice estrae il cellulare dallo zaino e accende la fotocamera.

«Non vorrà mica buttarsi?» chiedo, con un filo di voce.

Alice sorride e il ragazzo cicciottello in acqua risponde per me.

«No figurati, è tutta una farsa.»

Prima che io riesca a capire se mi sta prendendo in giro o meno, il ragazzo sulla roccia si lancia nel vuoto, spalanca le braccia a croce e poi le richiude di colpo precipitando di testa. Vorrei urlare, ma dalla mia bocca non esce alcun suono, è orribile. Il suo corpo forte e compatto scende perpendicolare al cielo, poi accarezza l'acqua che si apre, accogliendolo. Nessuno schizzo.

«Wooooo!» Le ragazze applaudono e squittiscono, il ragazzo in acqua urla come un pazzo. Ma dove è finito? Io sono sicura che sia affogato, tutto questo mi sembra atroce.

L'acqua si apre in un cerchio, e lui esce, alzando la testa di getto e mandando i capelli indietro.

«Chris, sei stato pazzesco, non è uscito nemmeno uno schizzo!»

Quello che dovrebbe essere Chris mi lancia un'occhiata da lontano, ha glaciali occhi verdi leggermente a mandorla; l'altro ragazzo lo esorta a uscire dall'acqua con lui, ora posso vederli più da vicino, si danno un cinque. Le ragazze si alzano e lo accerchiano. Poi tutti si accorgono di me e si voltano.

«Tu devi essere la ragazza nuova!» mi dice l'amico di Chris, è grassottello ma ha un sorriso radioso. Le tre ragazze mi squadrano sbattendo le ciglia, irritate.

«Sì piacere, Evelyn» rispondo al gruppetto, forse con voce troppo alta.

«Io sono Manuel! Il mio amico è Chris, queste sono Giulia, Jessica e Valentina!»

Le tre mi sorridono con supponenza, poi quella bionda, Jessica, si avvicina alle altre e dice loro qualcosa all'orecchio. Chris mi guarda dritto negli occhi, io abbasso lo sguardo. Sono di un verde smeraldo acceso, gelidi e avvolgenti allo stesso tempo. Io invece devo assomigliare a un panda, perché mi sono messa il mascara? Quando rialzo lo sguardo lui è davanti ad Alice.

«Cancella subito il video, Alice» dice brusco. La mia amica arrossisce.

«Quale... video?» balbetta lei.

«Ti ho vista prima di tuffarmi, lo sai che odio queste stronzate. È stata la tua amica della città a dirti di farlo?»

Mi guarda con disprezzo. Ma che sta succedendo? Le altre ragazze ridono, pronte a gustarsi lo spettacolo.

«E dài... ragazzi, rilassiamoci, Alice cancellerà il video... non facciamo figure davanti alla nuova arrivata!» si intromette Manuel un po' agitato, ma Chris non lo ascolta e si rivolge direttamente a me.

«Queste sono le regole, meglio che le impari se non vuoi problemi. Niente video o foto. Qui non siamo a Milano, vogliamo stare isolati e non vogliamo attirare l'attenzione di nessuno.»

Non mi piace il suo tono, non mi piace proprio e non mi va di stare zitta senza dire nulla. Come si permette? I muscoli del mio corpo si irrigidiscono, vorrei sparire al più presto da questo disagio, ma loro mi accerchiano, devo dire qualcosa, alzo la voce.

«Certo, immagino che siate isolati anche dall'educazione quassù.»

Gli altri trattengono il respiro. Non avrei dovuto

rispondergli così? Non conosco questa gente e non conosco la montagna. Lui alza un sopracciglio e non stacca lo sguardo dal mio viso, mi sento vulnerabile, ma resisto e raddrizzo la schiena sudata. Lui fa un altro passo verso di me. È a pochi centimetri dal mio volto. Mi vuole dare uno spintone?

«Se essere educati significa lasciare che i turisti come te distruggano la montagna, allora sì: sono molto maleducato, e ti dirò di più, non hai ancora visto il mio lato peggiore.»

Le ragazze fanno versetti di approvazione, le detesto. Alice è spaventata, siamo sole in mezzo a un bosco, non è la prima volta che rischio di essere vittima di bullismo. Ripenso a quel giorno a scuola, quando dallo spogliatoio una delle ragazze più popolari aveva rubato il mio reggiseno taglia zero imbottito, vendendolo a dei ragazzi più grandi, tutto il mondo sapeva che il mio seno era inesistente e che mascheravo tutto con l'imbottitura. Caldo, una scossa elettrica mi attraversa il corpo come un serpente, si chiama rabbia.

«Non ho intenzione di vederlo! A mai più!!!»

Mi giro e me ne vado, carica di un'energia nuova, via da questo bosco maledetto, via dall'odiosa montagna, via, via… ma dopo qualche passo mi fermo. Mi rendo conto che non conosco la strada. Alice mi richiama da lontano.

«Evy, in realtà la strada è da quest'altra parte…»

No, non ci credo. Torno sui miei passi sudata e piena d'imbarazzo, transito di fianco al gruppetto che a questo punto non nasconde una risata, Chris rimane serio. Mi sento i loro occhi puntati addosso, sento le gambe molli, non so più come si fa a camminare e avverto di nuovo quella strana sensazione. Rabbia e vergogna.

5

La fatica verso la cima mi ha un po' calmata, sto cercando di non pensare più a quel momento orribile, voglio arrivare in vetta per sentire i miei amici. Mi costringo a fermarmi ancora un istante, non ho osservato la strada che abbiamo fatto, sono sicura che se dovessi tornare indietro da sola mi perderei. Tuttavia la montagna non è sempre uguale, come invece credevo: nell'ultima parte del tragitto l'aria è più fresca, il suolo più roccioso e brullo, gli alberi hanno lasciato posto a piccoli cespugli e piante basse, selvatiche. Non ci sono animali, o meglio, Alice dice che è perché non sono capace di guardare, ma io non ho visto niente, perlomeno nessun coniglio.

«Senti Evy… scusami per prima» mi dice, rompendo il silenzio.

«Non devi scusarti, non sei stata tu a essere maleducata» le rispondo, con un filo di voce. Alice ci pensa su.

«Hai ragione ma non ho fatto nulla per fermarli... Manuel no, lui è a posto, ma sai, gli altri...»

Mi sposto una ciocca ribelle di capelli dal viso.

«Comunque non voglio più parlarne, davvero. Cambiamo argomento» rispondo, sincera. Alice annuisce, rimaniamo in silenzio per un po', io cerco di resistere alla fatica e perdo di vista il paesaggio.

«Quale parte della montagna preferisci?» chiedo infine.

«Parte?»

Non si dice così?

«Sì insomma, vicino a casa di mia nonna, o più su dove c'è il bosco, o qui?»

Alice sorride, non alza gli occhi al cielo come si fa quando si pensa a qualcosa.

«Il bosco credo, mi piace nascondermi e mi sento protetta. Tu?» mi dice sicura, ma anch'io non ho dubbi.

«La valle. Ci sono i frutteti, le case con il tetto a punta, la vita.»

In realtà vorrei rispondere che la valle è quella che mi ricorda di più la mia città. Io amo la vita, o meglio, amo stare da sola ma per scelta, e voglio vivere in un posto lontano dal calore umano.

Alice alza le spalle.

«Sì, capisco. La vetta della montagna non è per tutti, il panorama è mozzafiato ma solitario, mia mamma dice che qui ci vivono i lupi e in effetti...»

Lupi? Oddio, lupi?!

«Cosa?! Vuoi dire che un lupo può attaccarci da un momento all'altro???»

Alice si ferma senza capire. Poi scoppia a ridere.

«Ma no! È un modo di dire, lupi per noi sono le persone solitarie e un po' scontrose.»

Ah, meno male.

«E sono tanti?» chiedo, dopo essermi tranquillizzata.

Alice si ferma ad allacciarsi una scarpa.

«Mmm, no.»

Mi siedo sui talloni, pensierosa.

«Non sederti, in realtà siamo arrivate.» Mi sorride, guardando davanti a sé. Mi volto. Ed è allora che capisco che ne è valsa la pena. Mi sembra di poter toccare le nuvole con un dito, sono arrivata in cielo. Davanti a noi un precipizio, vedo cime innevate che si stagliano e ricadono ripide giù per la valle, come se qualche divinità le avesse tagliate con un coltello. La roccia luccica baciata dal sole e brilla, impazzita, come polvere di fata. I colori che distinguo sono il rosa del cielo, il bianco della vetta, un bianco che non avevo mai visto prima, così puro e smagliante.

«Buongiornooo!» urla Alice, portandosi le mani alla bocca, e la montagna risponde, precisa, incantata.

«Ornooo… ornooo… ornooo.»

Alice mi prende per mano.

«Proviamo insieme!»

Sono elettrizzata, conosco l'eco ma non l'ho mai provata su di un precipizio. Mi porto le mani alla bocca.

«Mi chiamo Evelyn!»

Ed ecco la voce antica della roccia, pronta a rispondermi. «Velyn… velyn… velyn.»

Sorrido.

«Velyn è proprio un nome che non si può sentire!»

Alice non trattiene la risata.

«Da oggi io ti chiamo Velyn e tu Ice!»

Scuoto la testa con convinzione, la mia nuova amica è proprio matta.

Io e Alice ci stringiamo le mani. Attorno a noi la vetta è ricoperta da muschio morbido e piccole rocce che sembrano statue, la tranquillità regna, noto solo una piccola baita in legno isolata circondata da un cancello in metallo.

«Velyn?»

«Sì?»

«Se vuoi connetterti a internet qui funziona» dice, rompendo il momento, ah… la connessione… quasi dimenticavo. Estraggo il cellulare dalla tasca e lo accendo. Dopo pochi secondi inizia a suonare impazzito. Ci saranno almeno trenta messaggi di Leila e Johnny…

“Dove diavolo sei?!” “Ti hanno rapita?” “Che fai, non ci rispondi?” “L’aria della montagna ti ha dato alla testa?”

Sono più o meno tutti messaggi con questo tono. Ce n’è anche uno di mamma.

“Ciao tesoro, so che la connessione non funziona, ti scrivo comunque per…”

Mamma lo sapeva! Chiudo il messaggio, scocciata. Ho paura di aprire Instagram e vedere foto di Johnny circondato da ragazze, non posso nemmeno chiedere a Leila se si sia trovato già una tipa perché potrei insospettirla, ovviamente lei non sa della mia cotta. Mi blocco. C’è un sms che attira la mia attenzione…

“Gentile Evelyn Bianchi, la informiamo che da oggi i passi di danza per il provino del 6 settembre sono disponibili sul sito dell’accademia. Cordialmente, la Direzione.”

6

La prima cosa che voglio fare è chiamare Johnny e Leila su WhatsApp. Alzo il cellulare verso il cielo per capire dove la connessione prenda meglio, noto che più mi avvicino alla piccola baita isolata più le tacche aumentano.

«Dove vai?» mi chiede Alice, preoccupata.

«Vicino a questa casa il telefono prende meglio» le spiego, dirigendomi verso la baita.

Alice vorrebbe dire qualcosa ma io mi sono già girata di spalle, il primo che chiamo è Johnny, ma risponde la segreteria telefonica.

«Ok ma... non avvicinarti troppo alla casa...» urla Alice, da lontano. Perché mai? penso io. Chiamo Leila, proprio quando ho perso le speranze sento la voce vivace della mia amica.

«Honey finalmente!» mi dice. Oddio quanto mi

manca, trattengo le lacrime e percepisco un dolore al petto, è il senso di solitudine che mi sale dal cuore. Vorrei raccontarle tutto, di quello che è appena successo, di come ho reagito e di come posso fare ad affrontare il mondo, vorrei chiederle cosa le sta accadendo, come sta Johnny, se ha trovato una ragazza. Ma non ce la faccio. Leila è felice, mi racconta delle sue serate al mare, di come tutto vada alla perfezione, Johnny sta bene ed è sempre circondato da ragazze. Il mio orgoglio mi impedisce di parlare, non voglio fare la scena della vittima, suscitando la sua pietà. Così, per la prima volta dopo tanto tempo nella nostra amicizia, decido di mentire.

«Le prove vanno alla grande, la montagna è bellissima, mi sono fatta molti nuovi amici!»

Sento la mia voce pronunciare queste parole e quasi non mi riconosco. Ma il peggio viene quando mi passa Johnny, a sentire lui sembra la vacanza più bella della loro vita, quasi mi pare impossibile che io gli manchi. E se si fossero avvicinati di più? Se Johnny trovasse una ragazza a Riccione e decidesse di iniziare una relazione a distanza? Questi pensieri folli mi attraversano la testa come schegge mentre il mio migliore amico, e amore della mia vita, mi descrive per filo e per segno una gita in barca.

«E poi ci siamo tuffati dallo scivolo e siamo rimasti

a guardare il tramonto in mare, cioè, è una cosa un po' sdolcinata ma sai, le ragazze impazziscono per queste cose… no? Evy, ci sei?»

Torno in me, e do segni di vita, ma la mia mente è da tutt'altra parte, sono gelosa di Johnny e sono gelosa della vacanza che stanno passando, mi sento esclusa, è come se in realtà non mancassi a nessuno dei due e mi volessero soltanto raccontare i loro successi dimenticandosi dei miei. Le amicizie a tre lasciano sempre fuori qualcuno, e quel qualcuno questa volta sono io. Accidenti a me, la montagna mi fa fare pensieri assurdi. Quando Johnny mi chiede come sto, solo a fine conversazione, vado fuori di testa, gli racconto che ho incontrato un ragazzo molto carino e gentile; quando mi chiede come si chiama sussurro il primo nome che mi viene in mente.

«Chris.»

Mi rendo conto solo dopo con orrore della stupida scelta che ho fatto, ma tra tutti i nomi del mondo mi è balzato in mente proprio questo… oddio, sono davvero impazzita, quel tipo supponente e infinitamente odioso. Saluto i miei amici e riattacco il telefono, per oggi ne ho già fatti abbastanza, di danni, devo essere ancora scossa dall'episodio di poco prima.

Metto il cellulare in silenzioso, in modo da non essere disturbata durante le prove, ed estraggo dallo zaino l'iPad posizionandolo su una roccia. Alice sta prendendo il sole stesa su un asciugamano, fortunatamente non ha origliato la mia conversazione di prima.

«Agitata?» mi chiede, abbassando gli occhiali da sole e scoprendo i grandi occhi azzurri.

«Sì, abbastanza, ho paura che i passi siano troppo difficili, ho paura di non essere all'altezz...»

Non ho tempo di finire la frase che mi interrompe.

«Sono sicura che andrà bene, mia mamma diceva che con la costanza si superano tutte le prove, dobbiamo solo scalare la montagna tutti i giorni e il gioco è fatto!» dice, ammiccando con un sorriso. Ecco una vera amica, Leila non mi ha nemmeno chiesto se ho l'ansia per il provino, era troppo presa a parlare di come i suoi capelli si siano schiariti con l'acqua di mare per interessarsi a me. Guardo Alice, sarebbe stato bello averla conosciuta prima, magari se fossi cresciuta qui saremmo diventate migliori amiche... ma è così diversa da Leila e Johnny, mi pare piuttosto tenera e insicura.

Prima di schiacciare play mi prendo qualche secondo per respirare a occhi chiusi, faccio sempre così prima di una prova importante, quando mi sento pronta scrocchio il collo e sussurro a me stessa che ce la posso fare, un piccolo incoraggiamento non può che farmi bene.

Schiaccio play, e prego di non assistere all'ennesima

delusione della giornata. Sul display compaiono alcuni passi di una coreografia, sono sicura di essere in grado di replicarli in modo corretto, ma la tecnica richiesta non è una delle più facili. Chiudo gli occhi e mi lascio andare. La melodia del video abbraccia la montagna e io ballo, mi porto sulle punte, eseguo un passo di ginnastica ritmica e poi mi riporto sulla danza contemporanea. Ripeto i passi più volte. Nel complesso la coreografia è abbastanza complicata, dovrò allenarmi parecchio. Riprovo ancora. Il suolo non è dei migliori e qualche passo falso mi provoca un dolore alla caviglia, ma non mi fermo. Uno... due... tre, conto mentalmente, mentre la melodia del video scorre. Alice mi guarda rapita, senza disturbarmi. Uno... due... tre, di colpo mi perdo, divento un tutt'uno con la montagna, non c'è spazio vuoto tra l'aria che accarezza la roccia e il precipizio davanti a me, siamo tutti parte dello stesso universo che batte a un solo ritmo, quello del cuore. Uno... due... tre, non esiste altro, se ne vanno i pensieri malvagi di prima, se ne vanno i volti delle persone che non avrei voluto conoscere, se ne vanno le ansie, e rimango solo io, io che a ogni passo mi sento rigenerata, viva. Finalmente sto bene.

«Accipicchia Evy! Non ho mai visto nessuno ballare così.»

Alice mi osserva come se fossi divenuta una strana

creatura del bosco, una ninfa o qualcosa del genere. Quando ballo perdo davvero il controllo e allo stesso tempo recupero il contatto con il mondo, è difficile da esprimere. Se la vita potesse essere come la danza non avrei problemi, peccato che a questo punto assomiglia più a un incontro di boxe. Il sole si alza nel cielo, è quasi ora di pranzo.

«Che ne dici di una pausa?» mi chiede Alice che mi vede pensierosa. Decido che nel pomeriggio mi allenerò di nuovo, ma un po' di relax me lo merito.

«Cosa avevi in mente?» chiedo. Alice si morde il labbro e sorride sotto i baffi. Riscendiamo la montagna a passi svelti, attraversando sentieri con sassolini bianchi levigati, chissà quanto antichi. Siamo scese di qualche metro dalla vetta eppure mi sento in cima al mondo, la vista, anche da qui, è mozzafiato, peccato che a parte il paesaggio la montagna sembra non offrire altro. Un maestoso albero dalla forma storta attira la mia attenzione, mi fermo ad accarezzare il tronco ruvido e scheggiato e subito riaffiorano in me molti ricordi, sono già stata in questo posto. La voce di Alice me ne dà conferma.

«Ecco casa mia!»

Alzo lo sguardo e noto la bellissima villa della mia amica. È una baita in legno scuro, ricoperta letteralmente da rose rosse rampicanti, le persiane sono di un caratteristico colore azzurro, mentre il tetto è spiovente e ripido, come sono spesso qui in montagna per via della neve. Ma ciò che attira di più la mia attenzione è la piscina, acqua turchese con cascate spumeggianti.

«Ali… ma è incredibile!» riesco a dire. Lei annuisce, ma non lo fa con superiorità, la sua voce è sincera.

«Abbiamo tutto quello che vogliamo qui… tranne la connessione!» ride, e io con lei.

«Effettivamente siete un po' pazzi.»

Alice sparisce dietro una tenda e compare in costume, corre verso la piscina, si lancia di testa, è buffa e proprio scatenata.

«Se ti serve un costume lo trovi nell'armadietto! Cambiati e raggiungimi!»

Mi cambio velocemente, sperando che la taglia di Alice non sia troppo grande, soprattutto per il mio seno inesistente, ma con mia grande sorpresa il costume si adatta, non mi sta bene, ma l'impatto non è così terribile. Esco dalla tenda e mi mostro, un po' intimidita, ma Alice mi fa segno di tuffarmi, non ci penso due volte, prendo la rincorsa e mi lancio anch'io di testa. L'acqua fresca mi accoglie, sento un grande sollievo, il contrasto con l'aria è piacevole. Nuoto fino al bordo, da qui c'è una vista incredibile su tutta la valle ma nonostante l'altezza non riesco a vedere la casa della nonna, siamo davvero andate lontano oggi. Rimaniamo a mollo per un po', racconto ad Alice che prima ho avuto un flashback di me e lei bambine a scambiarci segreti sotto all'albero storto, le chiedo se si ricorda qualcosa anche lei. Alice ci pensa, le viene in mente che la soprannominavo "Rapunzel" per i lunghissimi capelli biondi e gli occhi azzurri; io invece ero Jasmine, la ragazza del film *Aladdin*, per via dei miei capelli castani e della carnagione olivastra.

«Devo rimettermi al lavoro, altrimenti non passerò mai il provino» dico a un certo punto.

«Sì capo, ai suoi ordini!» esclama Alice con voce scherzosa, ed entrambe scoppiamo a ridere. Poi Ali alza lo sguardo, intenta a fissare qualcuno alle mie spalle.

«Evelyn, da quanto tempo!»

Mi volto e noto un uomo alto e robusto, barba bianca, capelli radi, tirato a lucido. Impiego qualche secondo prima di capire chi sia, ed ecco che si accende una lampadina nella mia testa. Il padre di Alice, il costruttore edile.

«Ciao Adamo, che piacere rivederti!»

Il suo nome mi torna in mente subito, sono sorpresa della mia stessa memoria, perché faccio fatica a ricordarmi le tabelline e invece sono un asso nel ricordarmi nomi di persone che non vedo da anni? Anche Adamo sembra stupito.

«Sei diversa, sei cresciuta!» dice, dopo avermi scrutato. I suoi occhi puntati addosso mi creano un certo imbarazzo. Alice mi dà una spinta amichevole.

«Finalmente ho un'amica quassù!» sorrido timidamente. Non capisco perché Alice qui sia così sola, è una bella ragazza, è dolce, finora si è mostrata un'ottima amica.

«Ti fermi per la cena?» domanda Adamo, accendendosi una sigaretta.

«No, devo tornare dalla nonna... mi aspetta.»

La sigaretta cade in acqua, per poco non mi sfiora il piede. Adamo si abbassa a raccoglierla piegandosi lentamente, è pensieroso.

«Ah, Lea» riesce a dire. Si solleva tenendo tra le dita la sigaretta intrisa d'acqua, poi esita prima di accendersene un'altra.

«Salutamela tanto» mi dice, questa volta abbassando lo sguardo, poi si congeda e rientra in casa.

«Mio padre lavora troppo, riunioni su riunioni, non c'è mai per me.» Alice si incupisce. Le stringo la mano.

«Di me ti puoi fidare.»

L'amicizia, incredibile come certe persone riescano a darsi forza l'un l'altra, e come altre ti facciano sentire completamente sola. Johnny e Leila dove siete?

Cammino da sola lungo il pendio fino alla valle, mi accorgo di non ricordarmi molto bene la strada, tutti i sentieri sembrano uguali, forse mi sono resa conto che dovevo ascoltare Ali quando si è offerta di accompagnarmi nuovamente sulla vetta. Ma come sempre il mio essere testarda ha avuto la meglio e ora mi ritrovo sola in mezzo alla foresta, per quale motivo devo essere così incapace di stare al mondo?

Brava Evy, ottimo lavoro! dico a me stessa. Mi guardo attorno spaesata, in cerca di dettagli familiari visti durante la discesa, noto la piccola baita in legno che avevo visto salendo, l'unico posto dove internet funziona sulla vetta. Ok, ci sono!

Per non perdere tempo decido di mettermi subito al lavoro, estraggo l'iPad dallo zaino, lo posiziono su un sasso incrociando le dita, si apre la pagina web dell'accademia con sottostante il solito video dei primi passi per l'audizione, in sovraimpressione noto un'altra data, domani saranno pubblicati i prossimi passi della coreografia, ciò significa che non c'è tempo da perdere.

Inizio subito a fare un po' di stretching per evitare di procurarmi degli strappi ai muscoli. Schiaccio play e il video inizia, imito i passi del ballerino professionista che esegue la coreografia in modo impeccabile, cercando di ricrearla con la stessa bravura. La prima volta mi fermo a metà e faccio ripartire il video da capo, poi man mano riprendo il ritmo.

«Ci sono riuscita!» esclamo ad alta voce, sperando che nessuno mi senta. Soddisfatta di me stessa, decido di godermi il bellissimo tramonto seduta a gambe incrociate, nonostante la giornata faticosa sono riuscita a imparare la prima parte della coreografia in meno di un'ora. Mi gusto un'intera bottiglietta d'acqua naturale sotto la luce del tramonto, non c'è nulla di più buono dell'acqua dopo una sessione di esercizi impegnativi.

"Dai Evy, vedrai che andrà tutto bene, è stata una lunga giornata ma si è conclusa bene, domani parlerai con Leila e Johnny e ti renderai conto che i brutti pensieri di oggi sono solo sciocchezze, e starai lontana da quel Chris, così da evitare problemi" ripeto a me stessa. Poi prendo lo zaino e mi preparo per incamminarmi verso casa. Ma sento un rumore provenire dalla baita, giro lo sguardo e noto una sagoma, credo maschile, che mi osserva dalla finestra, non faccio in tempo a riconoscere le caratteristiche della persona che si cela dietro alla tenda che questa si allontana bruscamente, lasciando dentro di me un senso di inquietudine. Decido di affrettarmi verso casa, dimenticando ciò che è appena successo.

7

La cena è pronta, sono seduta a tavola con le gambe incrociate e osservo il piatto vuoto. La nonna ha appena posato la pentola sul tavolo.

«Tagliolini panna e tonno pronti! Serviti pure!»

«Grazie.»

Afferro le posate e le immergo nella pasta fumante, solo a guardarla prendo quattro chili.

«Come è andata oggi con Alice?»

Mi mordo il labbro, non può vedere la mia espressione ma la mia voce mi tradisce. Ripenso al lago.

«Bene...» dico, poco convinta. Arrotolo la pasta con la forchetta e mi riempio la bocca mettendomi a tacere da sola.

«Mmm, buona!» dico sincera, la nonna sorride.

«Piace tanto anche a tua mamma!»

Mi giro a guardare le foto sul caminetto, la nonna

non ha buttato via niente dopo l'incidente e la perdita della vista, nemmeno le cose che non può più vedere. Osservo da lontano una foto di mamma bambina con la nonna giovane, porta un vestito rosso, la nonna era davvero una bella donna.

«Quindi oggi non è andata così bene?» mi chiede. Qui le persone leggono nel pensiero? O forse sanno semplicemente ascoltare.

«Alice è molto tenera, solo che mi sento fuori posto, ogni tanto è come se mi vedessero... diversa, e in fondo è vero, non sono come loro, la montagna non fa per me.» Ecco, l'ho detto. Bevo un sorso d'acqua fresca. La nonna sospira.

«Evy, forse è vero che tu sei diversa, ma questo non vuol dire che loro siano migliori.»

Questa volta sospiro anch'io, so che ha ragione ma non è facile convincermi.

«E poi chi sarebbero questi "loro"?»

Occavolo, ora come glielo spiego?

«Abbiamo incontrato dei ragazzi oggi, risalendo la collina.» Tanto probabilmente non li conoscerà.

«Sei andata sulla collina, hai incontrato Chris?»

Come fa a sapere il suo nome? Qui in montagna si conoscono proprio tutti?

«Sì! Ma non l'ho incontrato sulla collina, era al lago con un altro ragazzo, Manuel.»

La nonna sbuffa, visibilmente scocciata.

«Ah, ogni tanto scende dai monti anche lui, quel lupo.» Lupo? Mi torna in mente il discorso di Alice, come uno schiaffo. È Chris il lupo?

«Nonna, cosa vuoi dire?»

In un istante mi sembra che i vetri della casa siano troppo sottili, sento il freddo della notte strisciare nella stanza, ma so che è solo un'impressione.

«Quel ragazzo vive da solo con il padre sulla cima della montagna, la loro è l'unica casa lassù, sicuramente l'avrai notata. Chris lavora nel bosco, taglia la legna, scende poco a valle, per questo lo chiamano il lupo.»

Ora ho capito, era lui quella strana sagoma che mi osservava dalla finestra mentre danzavo, Chris. Quello stesso ragazzo che al lago mi ha ferita, facendomi sentire un'intrusa, facendomi sentire incapace. Inforco l'ultima porzione di pasta con forza. La voce della nonna interrompe i miei pensieri.

«Quel ragazzo non mi piace, ha avuto un'infanzia difficile, dopo la morte della madre tutto è precipitato...»

La nonna si interrompe, la mamma di Chris è morta? Come?

«In ogni caso, come ho detto, quel ragazzo non mi piace. Meglio cambiare argomento, come sono andate le prove di danza?»

In realtà non cambia molto: Chris abita dove ho fatto le prove di danza.

«Benissimo grazie.»

La mattina ho le gambe a pezzi, maledetta salita, maledetta montagna. Tra l'altro come al solito mi sono addormentata tardissimo, ci metto sempre un'eternità a prendere sonno. Mi sveglia un rumore sordo contro la finestra. Che sia un uccello? Oddio, avrò chiuso bene la finestra? Mi alzo di colpo, i miei capelli potrebbero benissimo essere considerati un nido per pettirossi, speriamo che l'uccello in questione fuori dalla finestra non la pensi allo stesso modo. Ma con mia grande sorpresa non c'è nessun volatile, ma Alice. Apro la finestra.

«Buongiorno, meraviglia!» urla lei dal giardino. È già vestita. Ma che ore sono?

«Hai sentito i miei sassolini?»

I suoi che?

«Sono dieci minuti che li lancio da qui per svegliarti.»

I sassolini. Ma in che fiaba sono finita?

La colazione è il pasto più importante della giornata, l'ho imparato. La nonna sforna una sfogliata di mele che sembra arrivata direttamente dal paradiso, qui non faccio altro che mangiare, altro che ballerina!

«Ha chiamato tua madre poco fa, mi ha detto di salutarti e di non stancarti troppo con le prove.»

Certo, penso, e cos'altro dovrei fare quassù se non le prove? Mica sono a Riccione.

«Oggi tornate in vetta?» chiede nonna Lea.

«Sì!» diciamo io e Alice all'unisono. Ma io ho un piano, voglio affrontare Chris.

8

Oggi decido di non truccarmi, non farò l'errore della scorsa volta, sembravo davvero un panda abbandonato, con tutto il mascara colante. Scelgo dei pantaloncini corti della Nike e una maglietta celeste, mi guardo allo specchio, forse è il caso che mi faccia le trecce, afferro la spazzola e cerco di domare la mia lunga chioma. Sono soddisfatta, il mio aspetto tutto sommato è meglio del solito.

Risalgo la collina con Alice, la strada non mi è ancora familiare ma la fatica sì. Alice mi è davanti di qualche passo.

«Evy, comunque, hai un fisico pazzesco!» mi dice, voltandosi. Mi asciugo il sudore sulla fronte.

«Mi prendi in giro?» rispondo, rischiando di perdere l'ultimo soffio d'ossigeno.

«No, dico sul serio, ho sempre amato il fisico delle ballerine!»

Ah, ma allora non sta scherzando, è matta davvero. Al bivio mi fermo per riprendere fiato.

«Peccato che non piaccia ai ragazzi, guardami: sembro una tavola da surf!»

Alice ride, la osservo, non si può dire lo stesso di lei.

«Io invece odio le mie forme, quando i ragazzi mi guardano mi dà fastidio, pensa che per un periodo camminavo storta per nascondere il seno... sono timida.»

Robe da matti. «Ognuno desidera sempre ciò che non ha» dico, sovrappensiero.

«Wow Evy, devo registrare le nostre conversazioni in futuro!»

La raggiungo e le tiro uno spintone scherzoso.

«Pensa a non sbagliare strada, che è meglio!»

Nella foresta lontana dal mondo io e Alice stiamo bene. Il cielo sopra di noi è coperto da chiome smeraldo, sembra che tutto il paesaggio attorno respiri, la stanchezza mi obbliga a fare la solita tappa al lago, ma questa volta rimaniamo solo dieci minuti. Chris non c'è, questo non è un bene, perché credo che sia sulla vetta a tagliare la legna.

«Ricominciamo» dico ad Alice, pronta a risalire il pendio. Ci mettiamo in cammino, nonostante lo sforzo di ieri le mie gambe incredibilmente reggono. La strada verso la cima si fa più rocciosa, ormai conosco lo spettacolo che tra poco mi troverò davanti, ma a ogni modo non sono pronta. Ci si abitua mai alla bellezza?

La vedo, la casa di Chris, capisco che siamo arrivate. Devo dirlo ad Alice.

«Mia nonna ha detto che lì abita Chris.» Alice si blocca.

«Ah sì? Ah già.»

Ma che cosa le prende? È arrossita.

«Tu perché non me l'hai detto prima?» Alice sembra a disagio.

«Perché non sembrava importante e perché dopo l'incidente al lago mi hai detto di non parlarne più...» ammette, infine. Decido di non dirle altro, lascio cadere l'argomento e mi metto al lavoro, ma prima puntualizzo: «Nel caso si facesse vivo non resterò zitta».

Alice alza le spalle. Appoggio l'iPad alla roccia, controllo se hanno caricato altri passi, sì: un passo nuovo che purtroppo non mi viene quasi mai. Non ci voleva. Come ieri iniziano ad arrivarmi mille notifiche, la maggior parte inutili, ho bisogno di sostegno, devo chiamare assolutamente Leila e Johnny, devo farlo ora.

«Alice scusami, devo fare una chiamata urgente...»

Alice stende il telo sul muschio. «Fai pure.»

Prendo il cellulare e mi sposto in un luogo sicuro, lontano dalla casa di Chris. Ma qui la connessione è troppo debole, non ci credo. Ritorno sui miei passi, devo per forza stare vicino a quella maledetta casa. Accidenti. Chiamo Leila, il cellulare è occupato, provo a chiamare Johnny, sperando che almeno lui risponda, ho bisogno di avere la certezza che ieri mi sbagliavo. Il cellulare suona.

«Evy!!!» Il mio nome nella sua voce mi riempie il cuore.

«Johnny!»

«Dove eri finita ieri? Ci siamo preoccupati.» Sorrido dentro di me, ieri mi sbagliavo, gli manco.

«Qui la connessione non prende, è un casino: praticamente devo arrampicarmi tutti i giorni su una montagna vicino alla casa di uno...»

Stronzo.

Quando la parola si dipinge nella mia mente, scorgo dalla finestra una sagoma, è lui, è arrivato a tormentarmi.

«Scusa Johnny, ti devo salutare.»

«Ma come, Evy!»

Vorrei stare al telefono con Johnny tutto il pomeriggio ma non posso perdere l'occasione, Chris mi sta nuovamente spiando dalla finestra e merita una lezione, devo fargli presente che, se davvero mi odia così tanto, spiarmi mentre ballo è davvero da viscidi. Inizio a bussare contro il cancello della baita, furente.

«Evy, ma cosa fai?!» mi dice Alice preoccupata.

Non le do retta, sono decisa a far valere i miei diritti. La porta della baita si spalanca. Ma non è Chris.

«Che accidenti vuoi ragazzina?!» mi dice l'uomo davanti a me, con voce roca. Ha i capelli rasati, occhi verdi velati da una patina opaca che non avevo mai visto, ma che Alice mi avrebbe poi spiegato trattarsi di alcol. Distolgo lo sguardo dai suoi occhi e con orrore lo vedo. Nella mano sinistra l'uomo stringe un coltello.

«Vieni via Evy!» Alice mi urla da lontano, è pronta a scappare nel bosco. La voce mi esce come un vetro rotto.

«Io... io...»

Lui si avvicina a me, i suoi vestiti sono lisi, di colori sbiaditi. Non riesco a parlare, la mia voce è morta come la roccia che ci circonda. Un altro passo verso di me, noto una cicatrice sulla guancia sinistra, ma non posso guardarlo a lungo, devo tenere d'occhio dove tiene il coltello, ogni secondo diventa un'eternità.

«Evy ti prego!» Alice è quasi sul punto di scoppiare a piangere. Eppure quel volto io l'ho già visto, ma era diverso. L'uomo fa un altro passo, ora solo il cancello ci separa, infila la testa tra le sbarre di ferro, riconosco quegli occhi, il colore del mare e tempesta, li ho visti su un viso più giovane. Capisco, è il padre di Chris.

«Cosa diavolo vuoi?» ripete, questa volta più calmo.

«Io... volevo solo parlare con Chris» riesco a dire.

L'uomo accarezza il coltello, nonostante sia annebbiato dall'alcol non può dimenticare quel nome… Chris, suo figlio.

«Chris non c'è. È nel bosco a tagliare la legna, tornerà tra qualche ora altrimenti giuro: lo ammazzo di botte.»

Non ho più paura, so che quello davanti a me è un lupo ferito, ricordo le parole della nonna, la madre di Chris è morta tempo fa e da quel giorno la famiglia è andata in frantumi. L'uomo si volta e si avvicina a un tronco d'albero nel giardino, ci conficca dentro il coltello, allontanandosi.

«Se lo vedi, digli di tornare a casa prima del tramonto» mi dice mentre sparisce. Ricorderò questo giorno e imparerò a non essere così sprovveduta, forse mi salverà la vita.

Oggi decido di non fare le prove, tornerò a casa presto. Nella strada del ritorno io e Alice non parliamo, ma ci capiamo, il suo sguardo è un continuo "te l'avevo detto" e il mio uno "scusa, non lo sapevo". Anche il bosco ci osserva, testimone di questo nostro silenzioso segreto. Alice ha ragione, il bosco ogni tanto sembra rispecchiare i miei pensieri.

9

Entro in casa senza nessuna voglia di mangiare, desidero solo buttarmi sotto la doccia calda e smettere di pensare.

«Ciao cara, sei già di ritorno?» La nonna mi aspetta, seduta sulla poltrona.

«Ciao nonna, sì: sono tornata un po' prima oggi, spero non sia un problema.» La saluto dandole un bacio sulla guancia e lei ricambia il gesto.

«No tesoro, affatto, pensavo di andare a mangiare in veranda oggi, cosa ne dici?»

Sospiro. «Stasera non ho proprio fame, pensavo di fare una doccia e andare a dormire presto...»

La nonna mi sorride dolcemente, cerca di captare dal mio tono di voce i problemi che nascondo.

«Ma certo... vuoi aiutarmi a dare da mangiare a Lucky prima?»

Ma sì, perché no. «Prendo le crocchette!»

Lucky sgranocchia il cibo e scodinzola mentre io e la nonna siamo sedute in veranda. Il cielo è ancora luminoso, questa è una delle cose che preferisco dell'estate, la luce. Il colore di cui si è tinto è il bianco perla, striato di rosa e rosso; a cosa serve una luce così quando vorrei soltanto chiudermi in camera? Ripenso ai miei amici a Riccione. Immagino Leila che indossa il vestito nero di pizzo che abbiamo comprato insieme ai saldi, i ragazzi le stanno intorno e lei è la regina della festa, bella, divertente e sempre con la risposta giusta. Poi penso a Johnny, chissà se avrà iniziato a fare windsurf come mi aveva raccontato, lo immagino sulla spiaggia illuminato dalla luce magica del tramonto a chiacchierare con qualche ragazza più grande. Levatelo dalla testa, mi comando, ma più penso che non ci devo pensare più non riesco a non pensarci. Accarezzo la pelliccia di Lucky che si gira leccandomi il polso, mi sento un po' meno sola. Ma perché non potresti essere tu il mio principe azzurro? Capisco più i cani degli esseri umani.

«Quanti anni ha Lucky?» chiedo, sovrappensiero. La nonna fa i conti…

«Oh, è vecchio ormai, dovrebbe farne quindici a breve.»

Quindici anni ed è vecchio, io invece ho la stessa età e sono solo una ragazzina. La vita è proprio strana.

«Quindi ha conosciuto il nonno?»

La nonna accavalla le gambe.

«Già.»

Io batto le mani sulle ginocchia e Lucky prova a saltarmi in braccio, ma è un po' imbranato, lo aiuto tirandogli su la gamba.

«Nonna, com'era il nonno?»

La nonna non risponde, credo che forse non mi abbia prestato ascolto. Questa sera la trovo taciturna, non capisco se sia successo qualcosa o se sia la conversazione a esserle ostile. Per sicurezza le faccio un'altra domanda.

«Insomma, era una persona gentile e disponibile, come sei tu con me?»

Lei di tutta risposta si rassetta il grembiule.

«Tesoro, prenderesti i due bicchieri d'acqua sul tavolo?»

Entro in casa e verso l'acqua del rubinetto nel bicchiere, qui in montagna è più pura e non conviene comprarla confezionata. Esco abbastanza in fretta in attesa di sentire qualche storia su mio nonno, ma la nonna ha già cambiato discorso.

«Cosa avete fatto tu e Alice oggi?»

Oddio no, non ho assolutamente voglia di ripensare alla mia giornata.

«Nulla di speciale.»

Non capisco perché eviti l'argomento. Magari sono stata troppo indiscreta, non ne ho idea. Decido di sorvolare questo pensiero. Forse la morte del nonno è una ferita ancora fresca e non è ancora pronta, preferisce non parlarne. Faccio un piccolo conto mentalmente, nonostante i miei pessimi voti in matematica, secondo i miei calcoli, sono passati almeno dieci anni dalla sua morte, forse non è proprio una ferita fresca. Decido che per oggi è meglio andare a dormire. Do la buonanotte alla nonna e mi dirigo al secondo piano, lasciandola sola con Lucky in veranda, mentre chiudo la portafinestra la sento sospirare.

La mia camera è abbastanza piccola, ma con una grande finestra da dove ogni sera guardo le luci del paese, è magica la notte, credo proprio che migliori le persone, che le renda più umane e più fragili, tanto quanto pensierose e creative.

Un mio grandissimo difetto è quello di non avere mai sonno, e oggi come sempre non riesco a dormire. Qui in camera non c'è molto da fare, è tanto piccola quanto noiosa. Mi alzo dal letto e rimango a guardare fuori dalla finestra, come faccio ogni sera, ma oggi neanche le luci in lontananza riescono a distrarmi. Appoggio una gamba sulla scrivania, ripenso a un passo di danza che non mi è riuscito particolarmente bene, questo però non mi aiuta a prendere sonno. Mi ributto sul letto e rimango con gli occhi aperti a ispezionare ogni singolo angolo del soffitto. Che palle.

Afferro il cellulare e provo ad andare su Instagram, dimenticandomi che la connessione non funziona. Chiamo Johnny, ma il cellulare squilla a vuoto, dopo la giornata di oggi non mi ha più richiamata, chissà dove sono ora. Mando un sms a Leila, dicendole di chiamarmi presto. Mi ritrovo a sfogliare un po' di foto di me e Johnny salvate sul cellulare. Faccio lo zoom sul suo volto, il suo sorriso da vicino è ancora più bello, quante volte ho desiderato che mi baciasse…

Improvvisamente mi ricordo di una stanza della casa di cui la nonna mi ha parlato ma in cui non sono mai stata, la soffitta. Decido di andare a dare un'occhiata, senza troppe aspettative, mossa dalla noia. Apro la porta del corridoio, e mi tolgo le ciabatte rimanendo a piedi nudi per non fare rumore. Il gelo delle piastrelle si arrampica sulle mie caviglie trasformandosi in un brivido lungo la schiena. Sorpasso la stanza della nonna e arrivo fino in fondo al corridoio del piano superiore, c'è una piccola scala in legno che porta a una botola, la famosa soffitta. Mi rendo conto che probabilmente nessuno entra in quella stanza da anni, immagino che non ci sia la luce, visto che la nonna non può vedere. Ricordo un candelabro sul camino, di fianco alle fotografie di mia nonna e mia mamma bambina. Zampetto fino al piano superiore, facendo attenzione a non destare sospetti in Lucky che dorme in cucina, ma passando di fianco alla sua cuccia noto che dorme secco, la nonna gli dà troppo da mangiare. Estraggo una candela e poi rimetto il candelabro sul camino, infine vado in cucina dove l'accendo sui fornelli. Ok, sono attrezzata. Ritorno sulla scala e cammino fino in fondo al corridoio, fino alla botola.

Mi sento un po' sciocca in realtà, le poche volte che ho visto un film dell'orrore con Johnny entrambi prendevamo in giro la protagonista – ma come fa ad andarsene in giro in un bosco infestato da fantasmi proprio di notte? – ecco, ora mi sento esattamente così, io che mi arrampico in una soffitta disabitata con la luna piena. Avrei voglia di chiamare Johnny al telefono e spiegargli che la risposta è: perché non riesce a dormire. Ma lui è lontano, e io devo smetterla di pensarlo.

Torniamo a me, a me che decido di avventurarmi nella stanza più remota della casa, armata di candela.

La scala cigola ma io mi muovo lentamente per non fare troppo rumore. Ancora un gradino… apro la botola, ma subito mi porto una mano alla bocca per soffocare la tosse, troppa polvere. Qua e là noto anche delle ragnatele, vedo un ragno e senza accorgermene urlo. La botola ricade con un tonfo secco. Ops, sono fregata. Attendo qualche istante ma la nonna sembra non essersi svegliata. In questa casa tutti dormono profondamente.

È strano che io stia facendo tutto di nascosto, in realtà la nonna non mi ha vietato di venire quassù, però non mi ha nemmeno dato il permesso. Faccio un secondo tentativo e riesco a non tossire, arrivo fino in cima illuminando con la candela la stanza circostante. Attorno a me noto vari scatoloni impolverati, non so da che parte iniziare. Decido di aprire quelli più vicini. Molti sono pieni di vecchi giocattoli o soprammobili antichi, non trovo niente di interessante. Finché, da uno dei tanti, estraggo dei fogli, o meglio, delle lettere. Inizio a leggerne una.

A te, Lea,

A te che non hai smesso di splendere, a te che con un solo sorriso illumini tutto ciò che è cupo, a te che nei piccoli gesti trovi la vera bellezza, a te che mi hai insegnato a trovare sempre la positività, anche quando questa era oscurata da cose negative, a te dico grazie che così, semplicemente come sei, sei la parte migliore di me.

Wow, penso, che belle parole, la nonna deve essere stata felice sul serio, chissà se anch'io troverò mai un ragazzo così… prima o poi. Un velo di sconforto mi copre il viso, ovviamente il primo pensiero va a Johnny, ma lo scaccio. Il mio occhio ricade sulla firma in fondo alla lettera, è una F. Ripenso a mio nonno Antonio. Chi è "F"?

Frugo tra le altre lettere e noto che alla fine di tutte c'è la stessa iniziale. Perché la nonna ne ha conservate così tante? Ma soprattutto, chi le ha firmate?

Fuori dalla finestra Lucky comincia ad abbaiare, sarà uscito dallo sportello in giardino per litigare con qualche riccio che lo tormenta. Devo scendere al più presto se non voglio essere scoperta. Tutta questa faccenda mi sembra assurda.

Riesco a mettermi in tempo sotto le coperte, la nonna si è alzata e sta scendendo dalle scale. Mi porto la coperta sopra il mento, magari dopo questa storia prenderò sonno. Tutto ciò mi sembra alquanto bizzarro, ma ora preferisco dormire. Provo a pensare che domani mi sveglierò e Johnny e Leila saranno arrivati qui a farmi una sorpresa, sì, già me li vedo davanti, li porterò al lago e faremo il bagno insieme, sarà una splendida giornata, sarò con i miei amici lontano dai misteri, non sarò più sola. Con quest'ultimo pensiero il sonno mi accoglie e mi porta con sé.

10

Le giornate trascorrono tra prove e tuffi in piscina da Alice, non ho più incontrato né Chris né suo padre e sto cercando di tenermi lontana da intrighi e problemi, o perlomeno ci provo. Oggi mi sento un po' migliorata sui passi di danza, ma la strada tra me e il provino è ancora lunga.

«Facciamo una pausa e andiamo al lago?» chiedo ad Alice, che come al solito sta prendendo il sole. Ci spostiamo dalla vetta e iniziamo a scendere lungo il pendio, ora la strada mi sembra più familiare. Mi piace scendere verso valle, la discesa è un regalo meritato dopo la salita della mattina, mi rende soddisfatta.

«Tua nonna ti ha già parlato della festa di settimana prossima?»

Cerco di ricordarmi ma non mi viene in mente nulla.

«Non ancora, ma è tipico di nonna lasciarmi grandi sorprese» ammetto. Alice sorride.

«Ogni anno il 17 luglio si celebra la Festa della Luce, tra qualche giorno si apriranno le iscrizioni per partecipare alla realizzazione delle varie decorazioni per il party. Cosa ne dici, sei dei nostri?»

Ci penso un po' su. A chi non piacciono le feste?

«Mi sembra un'ottima idea!» le rispondo. Ma poi faccio un passo indietro, che tipo di festa sarà? Qui in montagna è tutto così diverso.

«Dimmi di più! Come mai si chiama la Festa della Luce?»

Alice tira fuori dalla tasca un lecca-lecca panna e fragola e lo scarta delicatamente.

«Preparati, sarà una lunga spiegazione.»

Io alzo gli occhi al cielo.

«Alice logorroica alla riscossa» le dico ridendo, lei fa una smorfia e poi mi passa un altro lecca-lecca.

«Si narra che il 17 luglio, circa un mese prima di Ferragosto, tutte le lucciole della valle facciano la loro apparizione in un preciso punto del bosco. Fu proprio il nonno di Chris, so cosa stai pensando e sì, tranquilla, non nomino più il nome del tuo acerrimo nemico» dice, facendomi il verso. Poi riprende.

«Fu proprio *questo signore* a fare la scoperta delle lucciole cinquant'anni fa per puro caso, e fu proprio lui a dedicare a noi adolescenti la festa. Da allora, ogni anno, i ragazzi della valle si radunano in questa data, verso sera, per guardare insieme lo spettacolo.»

«Bellissimo» le rispondo.

«Ero sicura che questa cosa ti sarebbe piaciuta!» Alice ha proprio ragione. Di colpo avverto freddo alle braccia, mi pento di non aver portato con me una felpa. Una coppia di conigli corre a ripararsi dietro a un cespuglio, poi una volpe si nasconde dentro a una larga crepa nella roccia. Ma cosa sta succedendo? La mia amica guarda il cielo.

«Temporale in arrivo!»

Oddio, no. Questa non ci voleva. Inizio a camminare più veloce che posso per arrivare a casa, ma la voce di Alice mi ferma.

«Non arriverai mai in tempo, la pioggia ti sorprenderà e sarai costretta a fermarti.»

Mi giro stizzita. Come è positiva!

«E quindi? Cosa possiamo fare?»

Lei capisce che non ho idea di come muovermi.

«Dobbiamo fare come le volpi, trovare un riparo.»

Dieci minuti dopo siamo anche noi nascoste, abbiamo trovato una roccia particolarmente sporgente che funge da tettoia, appena in tempo prima che la pioggia ci cogliesse impreparate. Ci sediamo a gambe incrociate.

«Quanto tempo durerà?» chiedo, guardando il cielo fitto di nubi nere.

«In genere d'estate non molto, ma non si può mai sapere, ci toccherà chiacchierare di ragazzi» mi punzecchia Alice. Io mi lascio cadere indietro fingendomi morta.

«Hai toccato un tasto dolente» le dico. Alice tira fuori dallo zaino un pacchetto di sigarette e ne accende una con maestria.

«Ma fumi?!» le chiedo, con troppa enfasi, non che non abbia mai visto qualcuno dei miei amici fumare, Johnny per esempio ogni tanto le ruba a suo padre, ma da Alice non me lo aspettavo, è una cosa che piuttosto farebbe Chris.

«Sì, ogni tanto, quando sono sola. Ne vuoi una?»

Scuoto la testa.

«No grazie, non fumo, solo l'odore mi fa venire la nausea.» Alice si stringe nelle spalle.

«Anche a me all'inizio, ma qui in montagna sono spesso da sola... mi aiuta a distrarmi.»

Mi metto a pancia in giù e incrocio le gambe. Perché Alice non ha tanti amici? È una ragazza così dolce e sensibile.

«Il fatto è che alla gente qui non piace mio padre, odiano il suo lavoro e di conseguenza odiano anche me» mi risponde lei, leggendomi nel pensiero.

«Perché dovrebbero odiare un costruttore edile?» chiedo stupita, è un lavoro come tanti. Alice butta fuori il fumo.

«Perché siamo diventati molto ricchi, e perché le strutture che mio padre vuole costruire distruggeranno parte di questi boschi. Sai, è per questo motivo che Chris non mi parla.»

Che brutta situazione.

«Sì ma tu non hai colpa, è tuo padre il costruttore. Le persone intelligenti lo capiranno, Chris è stupido» le dico, cercando di tirarla su. Alice mi sorride timidamente e spegne la sigaretta.

«Sì, hai ragione. Ma lui non era così prima che sua madre se ne andasse, era diverso…»

Alice arrossisce. Poi inizia a frugare dentro allo zaino.

«Un'altra cosa che faccio quando sono da sola oltre a fumare è mangiare marshmallow.» Tira fuori un pacchetto di caramelle morbide rosa e me lo passa, lo afferro al volo.

«Questi sicuramente piacciono anche a me!»

Ne estraggo uno, lei mi porge l'accendino.

«Per scaldarli e mangiarli ancora più morbidi.» Che genialata, mi sembra di essere in un film americano. La pioggia cade ancora fitta fuori dal nostro nascondiglio, ma stranamente non sono più agitata, osservo la mia amica passare dalle sigarette alle caramelle con la stessa naturalezza, è assurda, e io le sto iniziando a volere bene davvero.

A un tratto qualcosa nel bosco smuove il fogliame, che sia un altro coniglio? Impossibile, troppo grosso. La misteriosa figura esce allo scoperto e raggiunge il lago davanti a noi, ma non ci può vedere. Prima che possa dire qualcosa, Alice mi fa segno di non farmi sentire, e rimaniamo in silenzio.

Chris si guarda attorno, poi si toglie la maglietta scoprendo un fisico tonico, diverso da quello dei miei compagni palestrati, i suoi muscoli sono più naturali, si vede che è frutto del lavoro nel bosco. Rimasto in jeans si butta nel lago, sotto la pioggia. Ho letto che stare in acqua durante il temporale è molto pericoloso. Chris sembra perfettamente in pace sotto la tempesta e si lascia travolgere dall'acqua blu scuro del lago gelido. Più lo osservo e meno lo capisco, ma mi incuriosisce sempre più. Rimaniamo così a guardarlo da lontano, fino a che la pioggia, lentamente, si dirada, e lui sparisce risalendo la montagna a torso nudo.

La sera torno a casa bagnata fradicia, Lucky mi fa le feste lasciandomi addosso i segni delle zampe sporche di fango, ne approfitto per giocarci un po', tanto tutto è da buttare in lavatrice. Trovo la nonna seduta a tavola che mi aspetta.

«Scusa il ritardo ma sono rimasta bloccata per via della pioggia.»

La nonna piega la testa di lato.

«Non c'è problema, cara, stavo ascoltando la radio, ho scoperto che a Milano l'inquinamento è salito alle stelle in questo periodo» dice con un velo di tristezza.

«Un altro dei motivi per cui non sopporto quella città» ammette. La nonna mi serve il risotto ai funghi con parmigiano fresco.

«E di secondo c'è la polenta, ho pensato che con una giornata da lupi così ti avrebbe fatto piacere un pasto caldo.»

Annuisco. In effetti sono molto affamata.

«Domani mattina devo andare a una riunione del paese, si tratta di un comitato per una festa che si terrà in montagna...»

«La Festa della Luce» la interrompo io, a bocca piena. La nonna non sembra sorpresa.

«Alice ti ha già detto tutto immagino!»

Mi verso un po' d'acqua. Il risotto è spaziale.

«Be', che ne pensi, ci sarai?»

«Sì! Sono dei vostri» rispondo, facendo una pausa dal cibo. Come faccio a mangiare anche la polenta adesso?

Dopo cena salgo in camera sperando di riuscire a dormire, guardare le foto di Johnny di certo non mi aiuta, così provo a chiamarlo.

«Buonasera, meraviglia!» mi risponde lui.

«Johnny! Sei con Leila? Me la passi dopo?»

«No, sono da solo, ma domani pomeriggio mi ha detto che ti chiama lei.»

Le devo raccontare un sacco di cose, con Leila mi confido tanti segreti, con Johnny parlo degli aspetti pratici.

«Allora principessa, come procede la vacanza in montagna, ce l'hai fatta a conquistare questo Chris?»

Un colpo di tosse mi fa quasi cadere dal letto. Come cavolo fa a conoscere Chris? E che diavolo gli salta in mente? Prima di fare una gaffe pazzesca mi ricordo della balla che avevo inventato nell'ultima conversazione telefonica, per farlo ingelosire.

«Oh, sì benissimo, questo Chr… questo ragazzo è davvero pazzo di me» dico tutto d'un fiato.

«Immagino, con quegli occhioni grandi che hai, da cerbiatta!» mi prende in giro lui.

«Sei proprio un cretino» riesco a dire.

«Be', lo sai, mi conosci no?»

Sospiro, effettivamente…

«Ora mi devo preparare, abbiamo conosciuto delle tipe in spiaggia, o meglio, io le ho conosciute, e forse stasera ho un appuntamento.»

«Ma… ma quante sono?» dico, con il morale a terra.

«In realtà soltanto una, ma fidati, vale per cento» risponde Johnny super esaltato.

Guardo fuori dalla finestra, ecco che la Evy della sera ha preso il posto di quella del giorno, iniziano le pippe riflessive.

«Johnny, ti devo salutare, credo proprio che andrò a dormire, salutami Leila.»

«Ciao Honey!» scimmiotta lui la voce di Leila. Sorrido tristemente e metto giù il telefono. Ritorno a guardare le luci fuori dalla finestra, immaginando di essere in un mondo lontano.

11

La nonna bussa alla mia porta gentilmente.

«Arrivo!»

Una doccia rapida, mi faccio le trecce con i capelli ancora umidi e scelgo una gonna di jeans da abbinare ad All Star rosse e a una maglietta bianca a fiori porpora; un filo di trucco leggero, giusto per coprire le occhiaie e darmi un aspetto presentabile, il mio profumo preferito, sono pronta. Facciamo colazione abbastanza in fretta. La mattina è fresca, bevo il caffellatte caldo per riscaldarmi.

«Dove verrà fatta la riunione?» chiedo, mentre finisco di fare colazione. La nonna sta ritirando le tazze.

«Oh, qui vicino, ti ricordi l'albero di ciliegie del primo giorno? C'è un capannone lì a fianco.»

Il pensiero delle ciliegie mi rende felice, oddio, sono proprio diventata una mangiona se solo il cibo mi mette di buonumore! Ma devo stare tranquilla, ci sarà Alice con me, e poi non è detto che Chris scenda dalla montagna, è un lupo no? Cosa gliene frega della festa del paese? Ma ci saranno sicuramente le tre ochette dal fisico smagliante...

Io e la nonna camminiamo insieme, come il primo giorno che sono arrivata qui. È passata più di una settimana ormai. Il sole batte forte e ci mette un attimo a scaldare l'aria, ma il fogliame fitto dei noccioli ci ripara.

«Agitata?» mi domanda.

«Un po'... mi chiedevo se ci saranno proprio tutti oggi alla riunione...»

La nonna sospira, ci pensa un attimo.

«Quasi tutti, il padre di Chris non ci sarà. Ma gli altri credo di sì.»

Perfetto penso sconsolata, *lui sarà dei nostri*. La nonna mi prende per mano, capisce.

«Non devi avere paura delle persone, Evy.»

Poi si avvicina a uno dei noccioli, tocca il tronco per orientarsi e fa un passo fuori dal sentiero alberato verso la valle, sempre tenendomi per mano.

Socchiudo gli occhi, qui il sole batte forte.

«Questo mondo non è cambiato da quando ho perso la vista. In questo universo c'è tanta oscurità, ma c'è anche altrettanta luce, ricordatelo.» La nonna mi sorride, chiudo gli occhi, sento il calore del sole battere sulla mia pelle, e per un attimo mi abbandono al potere della luce, lasciando che questa riscaldi il mio cuore.

12

Alla riunione prendo posto vicino ad Alice, la nonna si siede appena dietro di me. Il capanno è pieno di gente, saremo una quarantina di persone, molti degli abitanti mi sono familiari, ma ci sono anche volti nuovi. Jessica, Giulia e Valentina sono sedute in prima fila, si voltano e mi lanciano un'occhiata patetica. Manuel prende posto vicino ad Alice e mi saluta. Non vedo Chris. Il sindaco è un uomo grassottello con un vestito gessato e una cravatta giallo senape, si alza e prende la parola.

«Buongiorno a tutti. Anche quest'anno ci troviamo qui riuniti per la Festa della Luce, la notte in questione sarà come di consuetudine quella del 17 agosto.» La nonna mi sfiora la spalla.

«Porta ancora quelle cravatte orrende?» mi chiede. Rido, un po' troppo ad alta voce. Il sindaco mi lancia un'occhiataccia.

«I compiti a voi assegnati verranno appesi alla porta del capanno a fine riunione, quest'anno però abbiamo una novità.»

La gente mormora.

«Abbiamo una nuova arrivata, la nipote di Lea, Evelyn.»

Oddio sta davvero parlando di me, tutta la stanza si volta, io vorrei sparire sotto la sedia, appoggio le mani sudate sulle ginocchia.

«Come dicevo, essendoci una nuova arrivata dobbiamo trovare un compito anche per lei, dunque mi rivolgo direttamente all'interessata... Evelyn, qual è il tuo talento? Cosa sei capace di fare?»

Questo è un incubo. Che ne so io qual è il mio talento? Sono brava a capire gli altri ma non fatemi parlare di me stessa.

«È un'ottima ballerina» si intromette Alice.

Cosa

Sta

Succedendo.

Il brusio diventa più alto. Il sindaco si passa una mano tra i capelli radi e poi commenta: «Be', sì, lo immagino ma...».

«Saper ballare non è un lavoro.»

Una voce si intromette dal fondo della stanza, non ho bisogno di voltarmi per capire a chi appartiene, indossa dei jeans strappati e una maglietta bianca.

«Noi lavoriamo sodo per la Festa della Luce, e lei cosa dovrebbe fare? Ballare? Fatele fare un lavoro manuale, io mi occupo della legna e del falò ma lei…»

Chris fa una pausa, assicurandosi che io lo stia guardando negli occhi, sul suo volto si dipinge un sorriso amaro.

«Lei non sa fare niente.»

La folla è ammutolita, si vergognano per me, sanno che ha ragione. Il sindaco balbetta qualcosa. La nonna sbuffa e si alza in piedi.

«Non ti posso vedere, Chris, ma ti ho sentito bene. Mi stupisce che tu non sappia che fare la ballerina è un lavoro a tutti gli effetti, e lo è da secoli in diversi continenti.»

La folla ascolta rapita le parole di mia nonna, che continua…

«Ma questo piccolo paese isolato dal mondo non se ne rende conto. Mi intristisce che i giovani come te abbiano una mentalità più chiusa degli anziani della mia generazione.»

La nonna è un mito. Sono orgogliosa di lei.

«Un conto è avere la mentalità aperta, un conto è essere stupidi.»

Gli occhi di Chris si illuminano di un verde burrasca, come quella volta al lago. Poi continua…

«Dove ci hanno portato i cambiamenti? Gli ultimi hotel che Adamo ha costruito hanno disboscato la foresta e hanno portato turisti irrispettosi, il lago era pieno di immondizia, la nostra casa è stata trattata come spazzatura!»

Alice abbassa la testa, si nasconde le mani tra le pieghe della gonna blu.

«Stai attento a ciò che dici Chris!» si intromette Adamo. Ma Chris non si fa fermare da nessuno.

«Se essere arretrato significa salvare la nostra terra, dove sono stato cresciuto e dove ho imparato i valori della vita, allora sì, sono arretrato.»

La nonna sbuffa, poi cerca di farlo ragionare. «Chris, qui si sta solo parlando di danza! Nessuno vuole distruggere la montagna.»

Lui scuote la testa, sulla guancia sinistra gli si forma una piccola fossetta.

«Si inizia sempre dai piccoli cambiamenti, e poi si finisce in trappola.»

La nonna si risiede, ha capito che con una testa calda non si può ragionare.

«Sei solo un ragazzino, parli senza conoscere il mondo.»

Silenzio. Ma questo grottesco spettacolo non è ancora finito, tutti ma proprio tutti mi fissano, si aspettano qualcosa da me, una risposta. Oddio. Oddio. Oddio. Ma cosa gli devo dire? Mi alzo in piedi senza nemmeno sapere da dove cominciare.

«Capisco le vostre preoccupazioni.»

Ora la folla è mia.

«Ma… ma… io non ho intenzione di distruggere nulla, mi avete chiesto qual è il mio talento e Chris ha ragione… danzare è l'unica cosa che so fare…»

Chris annuisce soddisfatto.

«Ma lo faccio con il cuore e se vorrete potrò farlo per voi.»

Ecco, l'ho detto, ho parlato ancora una volta senza ponderare le conseguenze. Chris sta per tornare alla carica, ma questa volta il sindaco lo blocca, e attacca con voce stridula.

«Basta! Questa discussione è inaccettabile!»

Si ferma per soffiarsi il naso. Si vede che probabilmente non sa neanche da dove cominciare, sta prendendo tempo.

«Metteremo la cosa ai voti…»

Quale cosa?

«Chi di voi pensa che Evelyn non debba ballare alzi la mano ora!»

Chiudo gli occhi, non voglio vedere ciò che accade, ma la nonna mi domanda di farle un resoconto. Apro gli occhi lentamente, davanti a me Jessica, Valentina e Giulia hanno la mano alzata. Mi giro verso il fondo, i muscoli del braccio di Chris sono in tensione, ha la mano tesa. Oltre a lui ci sono alcuni signori anziani ma non sono più di quattro.

«Solo otto persone...» dico alla nonna, lei mi abbraccia.

«Abbiamo vinto» mi sussurra. Ma io non ne sono sicura, se questo significa vincere allora è l'unica volta in tutta la mia vita in cui avrei preferito perdere.

«Bene, direi che Evelyn ballerà!» squittisce il sindaco, poi si aggiusta la cravatta recuperando sicurezza.

«Chris, come sindaco di questa città ti chiedo di aiutarci con il legname per la festa.»

Chris annuisce, serrando la mandibola.

«Voglio servire questa città, vivo per proteggerla» dice, prendendosi gioco del sindaco a denti stretti, ma quest'ultimo mostra un sorriso beffardo.

«Benissimo, allora sarai tu a occuparti di costruire il palco su cui Evelyn danzerà.»

Non voglio perdermi la sua espressione, il suo volto è una maschera di odio, ma so che quelli come lui non vogliono mostrarsi mai sconfitti.

«Sarà un piacere, mi accerterò che sia sicuro... non sia mai che la nostra star possa inciampare.»

C'è un momento di silenzio, poi la folla ritorna a voltarsi verso il sindaco. Chris si gira verso la porta ed esce, sbattendola con un tonfo secco. Guardo fuori dalla finestra e lo vedo correre verso la cima della montagna, sembra un lupo che rincorre la vetta, il suo corpo atletico e forte lo rende leggero e robusto allo stesso tempo. Prima di sparire nella foresta lo vedo girarsi e dare un'ultima occhiata al nostro capanno, poi, indietreggiando di spalle, si fa inghiottire dalle fauci del bosco.

Tornando a casa io e la nonna ci fermiamo all'albero delle ciliegie, ne stacco un grappolo e glielo offro, mangiamo senza parlare. Poi ci riavviamo verso casa, passando dal sentiero di noccioli. Immagino Chris sulla vetta della montagna entrare in quella piccola baita e affrontare suo padre, probabilmente ubriaco, mentre fuori la roccia si tinge lentamente dei colori del tramonto. L'immagine mi provoca un senso di tristezza e solitudine. Si merita questa vita difficile perché è una persona cattiva? O forse è una persona cattiva perché ha avuto una vita difficile? Questa sera tornerò in soffitta a rileggere le lettere di quell'uomo sconosciuto alla nonna. Tutti hanno dei segreti, il mio è quello di non sapere assolutamente nulla di questo assurdo mondo, ma voglio mostrarmi sicura e più forte agli occhi degli altri.

13

Anche oggi prove, sono tornata sulla vetta con Alice perché non ho scelta se voglio passare il provino. È una giornata afosa, anche in cima alla montagna il sole picchia forte, non è semplice allenarsi quando il caldo non ti lascia tregue e non trovi alcun riparo. Fortunatamente nessuno sembra spiarmi dalla finestra, mi sono ripromessa che, nel caso dovesse succedere, me ne andrò via senza ombra di dubbio.

«Stai migliorando» mi incoraggia Alice, dopo aver controllato l'abbronzatura. «Sul serio, per quel poco che ne capisco mi sembri più fluida.»

Mi fermo un attimo a riprendere fiato. Forse tutti questi sforzi valgono qualcosa, l'arrampicarsi tutti i giorni fino alla vetta, il sentirsi perennemente senza fiato, sudata e con i capelli aggrovigliati come un gomitolo, rischiare di essere spiate da un uomo, nella migliore delle ipotesi alcolista, nella peggiore un possibile omicida.

«Lo spero!» replico massaggiandomi le spalle, avvolte in una t-shirt Adidas. Alice si alza e sbatte il telo ripulendolo dal muschio.

«Pausa in piscina?»

Faccio una ruota. «Era un sì» le dico.

Riscendiamo il pendio fino alla casa di Alice, la meravigliosa baita con le finestre azzurro cielo. Prima di entrare in piscina decido di farmi una doccia, la giornata è afosa e ho sudato durante le prove. Evitiamo di fare figure barbare e manteniamo un minimo di civiltà, mi dico.

Il bagno di Alice sembra una reggia. I sanitari sono stati realizzati in marmo rosa perla, ci sono dei piccoli quadretti appesi al muro che racchiudono fiori secchi di montagna. Ma nonostante questo, come in tutte le case, l'acqua calda tarda un po' ad arrivare e io devo aspettare. Appoggio le mani sul lavandino e mi guardo allo specchio... ma in che condizioni sono? I capelli arruffati, il volto provato dalla fatica, i vestiti appiccicosi post allenamento.

Ripenso alla lettere di "F" che ho riletto ieri notte in soffitta, l'ultima diceva:

E se vale la pena rischiare, io mi gioco anche l'ultimo frammento di cuore.

Fisso i lineamenti del mio volto, gli occhi nocciola leggermente dorati, i capelli lunghi legati stretti. Sono carina? mi chiedo. In realtà oggi mi sento davvero terribile, senza contare che tra non molto mi servirà un'estetista e qui in montagna non ho la minima idea di dove...

«Il fuoco... abbiamo bruciato tutto, e lei...» Una voce mi riporta alla realtà, è quella di Adamo.

«Ma quel che è successo è successo, il fuoco è stato appiccato.»

Ma che sta dicendo? Chiudo velocemente l'acqua della doccia per non farmi scoprire.

«Credi che non ci siano altre soluzioni?» chiede un'altra voce maschile, un po' preoccupata.

«No, e tu lo sai bene. Dobbiamo farlo di nuovo, come ha fatto mio padre.»

Le voci si allontanano, spostandosi in un'altra stanza. Non ho assolutamente compreso questa conversazione, ma sono sinceramente un po' preoccupata. Cosa significa che è stato appiccato il fuoco? È stato Adamo? Impossibile, devo parlarne con Alice. Riapro l'acqua della doccia e mi tuffo sotto il getto bollente, passandomi il bagnoschiuma.

Il fuoco, che ci sia stato veramente un incendio? ritorno a pensare, ma sarebbe assurdo... dev'essere qualcosa che ha a che fare con il lavoro di Adamo.

Esco dalla doccia e mi guardo ancora una volta allo specchio. Cosa sta succedendo in questo paese abbandonato nel nulla? chiedo alla mia immagine riflessa prima di indossare il costume e raggiungere la mia amica.

«Ce ne hai messo di tempo» mi urla Alice dalla vasca.

«Ehm, scusami… mi sono distratta.»

Alice rimane in silenzio, poi scoppia a ridere.

«Sei proprio la solita Evelyn sulle nuvole.»

Mi tuffo anch'io, immergendo la testa sott'acqua. Quanto vorrei essere una sirena, ma la mancanza d'ossigeno mi riporta in superficie.

«In questi giorni ti vedo strana, sei agitata per la Festa della Luce? Non mi hai ancora parlato del balletto» Alice mi lancia uno sguardo interrogativo.

«Mmm, forse… ma tuo padre è in casa?» chiedo, cambiando argomento.

«Sì, con un collega, perché?»

Mi appoggio al bordo della piscina.

«L'ho sentito parlare di lavoro, credo.» Alice mi guarda senza capire.

«Sì, è sempre super noioso quando parla di lavoro, cosa hai sentito?»

Come dirglielo? Non sono nemmeno sicura di aver capito bene…

«Ecco...»

Alice ora sembra preoccupata dalla mia esitazione. Voglio davvero allarmarla? Perché devo sempre vedere problemi dove non ci sono? Sarà sicuramente stata una conversazione di lavoro e ho frainteso. Sono geniale a creare problemi inesistenti, ripenso a tutti i miei dubbi su Johnny e Leila qualche giorno fa, ero davvero convinta che si sarebbero dimenticati di me o che la nostra amicizia fosse in pericolo, invece per ora sembra tutto più che normale.

«No, nulla, non ho sentito niente di speciale, sono solo un po' tesa per la coreografia.»

Alice mi sorride. «So cosa ci vuole!»

Appoggia i palmi delle mani sul bordo vasca e si tira su, poi sparisce dietro la porta di casa. Ritorna poco dopo con il computer.

«Ci guardiamo una bella puntata di *Dinasty*, la mia serie preferita.»

Situazione risolta. Sono soddisfatta di me stessa, pensare positivo mi sta tenendo lontana dai problemi, non è così difficile, basta non farsi domande assurde o sospettare l'impossibile. Verso ora di cena mi trascino giù dalla collina, Alice mi ha invitata a fermarmi a dormire da lei stasera e devo preparare una borsa con qualche vestito per il giorno dopo. Mi avventuro nel bosco, ormai la strada mi è quasi familiare.

14

Preparo il pigiama da portarmi dietro, domani voglio provare il più possibile, ho intenzione di inventare una nuova coreografia per la Festa della Luce. Apro l'armadio selezionando qualche vestito da mettere nello zaino per il giorno dopo, maglietta con delle rose, dei leggings neri per le prove e una trousse di trucchi ridotta, non si sa mai. Manca solo il cellulare, dove cavolo l'ho lasciato? Inizio a cercarlo per la stanza lanciando gli oggetti per aria, sotto il cuscino, nell'armadio, sulla scrivania, ovunque. Nessuna traccia. Sarà al piano di sotto, mi dico. Chiudo la valigia e decido di fare una spremuta prima di andare. Sul tavolo della cucina trovo il cellulare, possibile che tutto quello che perdo lo ritrovo sotto agli occhi? Ma le sorprese per oggi non sono ancora finite, sul display appaiono cinque chiamate di Leila. Cinque.

La cosa mi preoccupa, perché non è da lei. Decido di

trovare un angolo tranquillo della casa per chiamarla e non farmi sentire dalla nonna, torno nella mia stanza, lì mi sento più sicura. Al secondo squillo Leila risponde.

«Evy, ma dove accidenti eri?!»

La voce della mia amica mi aggredisce e io rimango spiazzata. Cos'è successo?

«Stavo facendo la valigia, ho dimenticato il telefono al piano di sotto.»

Leila mi blocca. «La valigia? Torni a casa?»

Sospiro, almeno... invece no, sono bloccata qui ancora per tre settimane.

«No, vado a dormire da un'amica.»

Leila sbuffa.

«Ti sei già trovata un'altra amica per rimpiazzarmi.»

Senti chi parla, vorrei dirle, proprio lei che non si fa mai sentire, che follia.

«Non dovevi dirmi qualcosa?» taglio corto, leggermente stizzita dal suo approccio.

«Sì, è successa una cosa strana...»

Mi siedo sul letto, avrà sicuramente fatto casino con qualche ragazzo, conoscendola.

«Spara» rispondo. La voce di Leila è tremolante, non l'ho mia sentita così prima d'ora, e ci conosciamo da quando siamo bambine.

«Ecco io...» accenna lei, prima di interrompersi nuovamente. Questa conversazione non promette nulla di buono, e questa volta credo non si tratti del mio solito presentimento pessimista, qualcosa sta per accadere davvero. Mi siedo sul letto a gambe incrociate.

«Leila, me lo devi dire, altrimenti come faccio ad aiutarti?»

Dall'altra parte del telefono sento Leila sospirare, è davvero agitata e questo non è da lei.

«Ok, Evy, te lo dico» risponde infine.

«Ho baciato Johnny!» afferma, tutto d'un fiato, pugnalandomi.

«Evy… ma ci sei?»

No, non ci sono. Metto giù il telefono di colpo e scoppio a piangere, incapace di fare altro. Appoggio le spalle contro al muro e mi abbandono a questa orribile sensazione che pervade ogni muscolo del mio corpo fino al cuore, lo stringe come un macigno e fa male, molto male.

Leila mi richiama ma non rispondo, ho bisogno di tempo, ho bisogno di aria. Il dolore al petto diventa insostenibile, non riesco a respirare, la gola mi si è stretta e io non ho la forza di reagire, non voglio reagire: vorrei solo morire. Apro la finestra della stanza che dà sulla città ma non avverto nessuna quiete, l'aria fresca della sera mi punge il volto ma io non sento nulla. Sono morta. Perché mi ha fatto una cosa del genere?

Non ho mai confessato a Leila la cotta per Johnny, è il

più grande segreto che mi porto dentro per non rovinare la nostra amicizia, ma non avrei mai potuto pensare che… Il solo pensiero di loro due insieme mi fa venire un conato di vomito. Il cellulare squilla, di nuovo. Questa volta rispondo, devo sapere, devo sapere cosa è successo.

«Evy ci sei o no? Ho bisogno di te.» Leila è seriamente spaventata.

«Era… era caduta la linea» sussurro, con immensa fatica. Leila rimane in silenzio.

«Be', è tutto quello che hai da dire?» mi accusa.

«No, raccontami come è successo» dico, spingendo gli aghi che circondano il mio cuore ancora più in profondità.

«Ieri sera siamo andati a una festa in spiaggia» inizia Leila. Io mi abbandono sul pavimento perché inizio a sentire la testa che gira.

«Io, io… dovevo fare colpo su un ragazzo più grande ma non sapevo come fare. Così ho chiesto a Johnny di accompagnarmi per farlo ingelosire, sai, la solita tattica.» Un risolino nervoso le sfugge, credo che stia piangendo.

«Solo che alla fine il ragazzo in questione non si è presentato, mi ha dato buca, e io mi sono sentita una stupida, ci ho messo ore a prepararmi, ho provato un nuovo tutorial di trucco e l'ho rifatto tre volte perché non mi veniva, ho passato i capelli con la piastra e non sono andata al mare per tutto il giorno per non rovinare l'effetto, ho pure rubato una collana preziosa di mia madre, che tra l'altro ho perso.»

Leila fa una pausa per recuperare fiato.

«Be', alla fine ero davvero depressa Evy! Immaginati, lì da sola come una stupida, a una festa di gente più grande, ad aspettare un ragazzo che non arrivava...»

«Ma c'era Johnny» dico io, a denti stretti, perché sto cominciando a capire dove vuole arrivare. Lei sospira.

«Sì, c'era Johnny» ammette, scossa.

«In ogni caso ho iniziato a bere, lo so: non l'ho mai fatto in vita mia ma ero talmente arrabbiata! Ecco, mi sono sbronzata, tra l'altro la festa era in orario aperitivo, e i miei sarebbero venuti a prendermi dopo cena...» confessa, seriamente imbarazzata.

«Cosa è successo, Leila?» sussurro io, distrutta, voglio che questa agonia finisca al più presto.

«Sai com'è Johnny, vedendomi triste ha iniziato a cercare di tirarmi su il morale, mi ha detto di lasciar perdere la festa e di andare a fare un giro in spiaggia lì vicino... alla fine si è tolto i vestiti e mi ha detto di fare il bagno in mare di sera, sai, sembrava divertente.»

Il bagno di sera nel mare. Questa singola immagine apre nella mia mente uno scenario terribile, Leila in biancheria intima, con un fisico invidiabile, Johnny che corre in acqua schizzandola, è la ricetta per il disastro.

«In acqua lui mi ha preso il viso tra le mani ripetendomi quanto fossi stupenda e quanto fosse stupido quel ragazzo a non essersi presentato... io... io ero su un altro pianeta, l'alcol mi ha fatto un effetto strano e ho iniziato a sentirmi bene con lui, in quel momento, di sera... avevo bisogno di qualcuno, capisci...»

No Leila, non capisco, questa volta non ti perdono.

«Poi mi ha baciata.»

Questa frase arriva come uno schiaffo e io mi sdraio sul pavimento gelido.

«Io sul momento non mi sono scostata perché... è stato bello. Ma poi sono tornata in me e gli ho chiesto cosa stesse facendo, allora lui mi ha detto... mi ha detto...»

Fa una pausa.

«Evy ma ci sei ancora? Non dici una parola» ripete Leila, preoccupata, riportandomi sulla terra.

«Sì, continua.»

Non voglio sentire il resto, ma non posso vivere senza sapere la verità, così le parole della mia migliore amica continuano a entrare nella mia pelle come lame.

«Stavo dicendo che dopo avermi baciato io mi sono staccata di colpo, sai è... è Johnny!» dice, con un altro risolino isterico, molto vicino al pianto.

«Lo so benissimo» dico a denti stretti.

«Mi ha detto che è da sempre innamorato di me, che non me l'ha mai confessato per non rovinare la nostra amicizia, che ci tiene a noi ma per me ha… ha un sentimento speciale. Evy, io non so cosa fare perché non lo amo.»

Butto giù il telefono prosciugata da questa orrenda conversazione, le lacrime mi rigano il volto, ma io non emetto alcun suono. Ora so tutto, proprio tutto, ed è il peggior incubo della mia vita.

Rido anch'io mentre singhiozzo, per l'assurdità della situazione. Ho evitato di confessarmi a Johnny per non rovinare la nostra amicizia, e ora? Ora ci pensa lui a rovinarla ma confidandosi a Leila.

Io odio la mia vita, la odio davvero. Perché tutte a me? Perché gli altri riescono sempre a trovare la forza per tirarsi fuori dalle situazioni e io non faccio altro che sprofondare sempre di più? Odio Leila e odio Johnny, li odio ancora di più perché non hanno colpa, e nessuno al mondo sa cosa provo io in questo momento.

Ho bisogno di parlare con qualcuno che mi capisca e che mi guardi negli occhi dicendomi che sta provando le stesse cose, altrimenti non posso credere che anch'io troverò la mia strada.

Il cellulare continua a squillare ma non rispondo. Leila ora mi odia e io odio lei per aver baciato Johnny, anche se la mia amica non poteva sapere che mi stava letteralmente uccidendo mentre lui le stringeva il viso. Odio anche Johnny perché ha rovinato tutto e non ha pensato a me, odio questo schifo di situazione che mi ha spezzato il cuore. Questa volta devo imparare a cavarmela da sola. Il cellulare vibra, un sms di Leila.

"WhatsApp da te non funziona, al telefono non rispondi perché chissà dove sei, ma questo messaggio prima o poi lo leggerai, ho bisogno di te Evy, ho bisogno di aiuto, questa vacanza si è trasformata in un incubo, ti prego, richiamami."

Spengo il cellulare. Non posso Leila, questa volta non posso proprio aiutarti, e tu non puoi aiutare me. Mi viene in mente una bellissima frase che ho letto nel libro che ho deciso di portare con me, *E allora baciami* di Roberto Emanuelli, un autore che adoro. La frase è "Siamo solo per pochi". In questo momento penso che non c'è niente di più vero. Prendo lo zaino con i miei vestiti ed esco di casa, la nonna mi ferma sulla porta per chiedermi dove sto andando.

«Posso dormire da Alice stasera?» le chiedo, con lo zaino già in spalla.

«Va bene cara, ma sei sicura di stare bene?»

No, voglio solo sparire dal resto del mondo.

«Tutto bene» dico, non voglio essere aiutata, non esiste una cura per quello che sto provando.

15

Attraverso il paese in cerca di un pacchetto di sigarette, Alice dice che quando è sola la fanno sentire meglio, e io non so davvero cosa fare per salvare me stessa. Ma davanti al tabaccaio mi fermo, Jessica, Giulia e Valentina sono riunite in un gruppetto proprio davanti alla porta. Strano che siano in giro da sole, Alice dice che non fanno altro che stare dietro a…

«Evelyn!»

Faccio un salto. Dietro di me Chris aspetta che io mi volti.

«Evelyn, che ci fai qui?»

Oh no. Non lui ora. Mi sfugge un lamento, il mondo intero ha deciso di usare la mia vita come un tiro al bersaglio. Magnifico.

«Stavo comprando un pacchetto di sigarette» rispondo, acida, forse a voce troppo alta perché le tre ochette si accorgono della mia presenza. Chris scuote la testa e io lo aggredisco, esasperata.

«Cosa volete tutti oggi da me?! Mi vuoi dire che è sbagliato? Cosa c'è, mi vuoi fare da angelo custode?!»

Lui mi punta gli occhi addosso senza capire, fa una smorfia, gli si forma una leggera fossetta nella guancia sinistra.

«Tutti qui siete sempre pronti a giudicarmi, a dirmi che sono la ragazza che viene dalla città, che distruggerò la vostra splendida vita, ma sai una cosa? Non me ne frega assolutamente nulla della vostra vita del cazzo, e ora levati e lasciami comprare le mie sigarette!»

La testa mi pulsa, tutta la rabbia per Johnny e Leila è venuta fuori come un uragano, ma mi sento meglio, forse, nonostante abbia attirato l'attenzione di tutto il paese. Chris sbatte le palpebre, incredulo.

«Se vuoi ammazzarti di nicotina con le tue stesse mani fa' pure. Io sono qui per parlarti, non per salvarti.»

Rimango stupita. Jessica si sta avvicinando per origliare meglio la nostra conversazione.

«Troviamo un luogo più tranquillo?» propone. Io annuisco e gli faccio segno di andarcene. Ma cosa diavolo vuole lui adesso?

«E le tue sigarette?» mi canzona lui. Io sbuffo e gli dico che non è importante, mi è passata la voglia. Attraversiamo il paese fino al sentiero di noccioli. Ormai conosco bene la strada che porta all'albero di ciliegie.

«Questo terreno è di mio padre, gli alberi sono i nostri» spiega lui. L'idea di aver mangiato le ciliegie dall'albero di Chris senza permesso mi fa sorridere, ma poi ritorno seria perché il pensiero di Johnny e Leila non se ne va.

«Questi sono noccioli, più avanti c'è un ciliegio a cui sono molto affezionato e, ancora più in fondo, ci sono dei pioppi che ti voglio mostrare.»

Mi fermo. «Chris, a che gioco stai giocando? Perché stiamo passeggiando insieme mentre tu mi dai lezioni di botanica?»

Lui corruga la fronte sconcertato, poi scuote la testa.

«Io amo questa montagna, e sono pronto a tutto per salvarla. L'altro giorno è stata presa una decisione dai miei concittadini, e io non posso oppormi, anche se come sai non sono d'accordo.»

Appoggia un braccio al tronco del noce distendendo i muscoli, poi si gira a guardare la montagna e dice: «Costruirò il tuo palco».

Spalanco la bocca, seriamente sorpresa. Oh mio Dio. Lui si difende.

«Questo non significa che diventeremo buoni amici e faremo shopping insieme il sabato pomeriggio, o che ho cambiato idea su di te. Voglio solo fare del mio meglio per la Festa della Luce. Poi ognuno per la sua strada, intesi?»

Gli porgo la mano in segno di sfida. «Intesi!» dico, stringendogli il palmo con tutta la forza che mi rimane e guardandolo negli occhi verdi, leggermente a mandorla.

Lui annuisce. «Ora andrò in cerca di alberi adatti, domani mattina alle sette fatti trovare sulla vetta, andremo insieme nel bosco così che possa mostrarteli.»

Alle sette?! Non se ne parla.

«Non possiamo fare alle otto?» propongo. Ma lui sbuffa.

«No, io sarò già pronto alle sei, ti ho anche dato un'ora di bonus, ma se preferisci facciamo alle sei.»

È completamente pazzo, ma il palco mi serve, allenarmi sul suolo roccioso mi sta creando problemi alle ginocchia. Devo avere quel palco.

«Alle sette» dico, convinta.

«Alle sette» ripete lui, prima di sparire lungo il sentiero che porta al bosco, senza salutarmi.

16

Alice mi intreccia i capelli seduta sul letto. Non riesce a credere alla storia che le ho appena raccontato, il mio migliore amico e la mia migliore amica insieme.

«Lui però da come me l'hai descritto mi sembra uno stronzo, non ti ha ancora chiamata per raccontarti cosa è successo?»

In effetti è vero, Johnny non mi ha chiamata, avrei dovuto farlo io? Figuriamoci, e per dirgli cosa? So che hai baciato Leila, per questo ti odio ma puoi sempre farti perdonare mettendoti con me? Un piano infallibile Evy, mi dico.

«Tu hai mai avuto un ragazzo?» chiedo ad Alice, intanto che finisce di farmi le trecce.

«No, mai, mi sono innamorata di un ragazzo ma è diventato uno stronzo, tempo fa.»

Incrocia le gambe.

«Non gliel'ho mai confessato, come te, ma credo sia meglio così perché lui non mi ama, non me l'ha mai detto ma lo sento.»

Sospiro, guardando il soffitto. Già, stessa cosa, penso, poi mi giro verso Alice e inizio a intrecciarle i capelli biondi.

«I ragazzi sono stupidi, sull'argomento emozioni impiegano a capire una cosa lo stesso tempo che impiegheremmo noi a studiare il motore di una macchina!» azzarda lei. Io rido, ha proprio ragione.

«Se le femmine avessero il loro stesso cervello ci estingueremmo!» dico, lei mi dà il cinque.

«Puoi dirlo forte, Evelyn!»

Torno pensierosa.

«Però non sono tutti così...» sussurro. Poi, senza rendercene conto diciamo all'unisono: «Solo quelli che piacciono a me».

Ci guardiamo negli occhi e ridiamo entrambe, siamo telepatiche, pazzesco. Alice si alza in piedi.

«Il venerdì sera qui da me si mangia pizza! La facciamo noi in casa, hai qualche preferenza sui gusti?»

Sorrido sotto i baffi.

«Conosco una ricetta all'avocado che ti stupirà!» le dico. Alice è poco convinta ma si dovrà ricredere.

«Va bene, vado ad avvisare mio padre, ti aspetto giù!», mi urla, dalla scala.

Io mi lascio cadere sul letto, quella sensazione tremenda non se ne è ancora andata del tutto, ci vorrà del tempo, ma Alice mi ha aiutata tanto, ora so che di lei mi posso fidare.

17

L'aria gelida mi pizzica le caviglie, mentre mi incammino verso la cima della montagna. Non posso credere di essermi svegliata alle sei. Il mio primo pensiero della giornata va a Johnny ma lo scaccio. Tiro su il cappuccio del maglione e cerco di affrettare il passo per scaldarmi, almeno un pochino. Mentre risalgo il pendio mi soffermo a guardare il paesaggio, la montagna è ancora addormentata e si sta svegliando con me, i piccoli fiori selvatici sono bagnati di minuscole perle di rugiada, la luce filtra tenue illuminando non le chiome ma i tronchi di alberi secolari con nomi a me sconosciuti. Mi fermo a riprendere fiato appoggiandomi a uno di essi. È una betulla? Il nome mi sfugge, ma da bambina li conoscevo tutti. Ricordo che la nonna mi portava in giro per la valle chiamando gli alberi per nome, riusciva a raccontarmi la storia di una quercia semplicemente accarezzandone il tronco.

«Questa è molto vecchia, e deve averne passate tante, lo vedi questo segno nella corteccia? Significa che è stata colpita da un fulmine, e questo altro segno lo vedi? È la traccia di un parassita, deve averle dato un bel po' di tormento» mi spiegava, e io ascoltavo rapita, toccando i segni incavati sul tronco con la punta delle dita. «Ma ora la quercia si è ripresa, ed è più forte di prima. È la storia di ogni essere vivente, resistere alle intemperie della vita e andare avanti, negli alberi il passato si legge nella corteccia, negli esseri umani lo si vede negli occhi.»

Continuo la salita verso la cima, chissà se Chris guardandomi negli occhi oggi riuscirà a leggere la mia storia, la delusione d'amore, la lontananza di un'amicizia. Scuoto la testa. Manca poco. Faccio un ultimo sforzo caricando più tensione possibile sulle gambe e arrivo in cima, appoggio le mani sulle ginocchia e tiro un sospiro di sollievo, ce l'ho fatta.

«Vieni con me, abbiamo molto lavoro da fare.»

Alzo lo sguardo e lo vedo, jeans scoloriti, maglietta a maniche corte nera, ma come fa a non sentire il freddo? Non protesto e lo seguo. Facciamo una strada che non ho mai percorso prima d'ora, lui si orienta nel bosco senza seguire un sentiero prestabilito, io non ho la minima idea di dove mi stia portando, gli alberi sono tutti uguali, o perlomeno della stessa specie.

«Sono betulle queste?» chiedo, per rompere il silenzio. Lui si volta incuriosito.

«Quelle nel bosco da dove sei venuta, questi sono abeti, c'è una bella differenza...»

Abeti, certo. La conversazione cade dopo questa mia gaffe. Continuo a seguire Chris nel bosco senza parlare, fortunatamente la strada è in discesa e non faccio tutta questa fatica, ma è comunque difficile stare al suo passo, ho paura di prendermi una storta alla caviglia, devo stare attenta in discesa, il terreno è ancora umido di brina e più morbido del solito, sarebbe un disastro per le prove se mi facessi male ora. Chris invece si muove veloce, non guarda nemmeno dove appoggia i piedi e non si volta indietro, tiene lo sguardo dritto davanti a sé. Avverto un gorgoglio frizzante provenire dal fondo del bosco.

«Dobbiamo attraversare il fiume e siamo arrivati.»

Ecco che cos'è questo suono, acqua. Arriviamo ai piedi del fiume ma non scorgo nessun ponte, nessun passaggio. Aspetta, non vorrà mica nuotare. Chris si avvicina alla riva ed esamina i sassi, ma che sta facendo?

«Pensi di aiutarmi o vuoi restare ferma a guardarmi tutto il giorno?» La sua voce mi scuote riportandomi sul pianeta terra. Mi avvicino confusa.

«Scusa Chris ma cosa stiamo facendo?» chiedo, sinceramente incredula. Lui alza gli occhi al cielo, come se la cosa fosse abbastanza ovvia, ma cerca di non mostrarsi troppo scocciato.

«Sto cercando dei sassi abbastanza grossi per attraversare il fiume» mi spiega, scandendo le parole.

«Dobbiamo lanciarli nei punti dove l'acqua è più bassa, e usarli come passaggio, devi stare molto attenta se non vuoi rischiare di essere risucchiata dalla corrente.»

Ok, penso, una cosa da tutti i giorni, eh!

«Allora? Mi aiuti?» Mi avvicino a lui e inizio a studiare i sassi assumendo un'espressione critica e risoluta, in realtà non ho la minima idea di dove si cominci, sassi grossi ha detto? Ma quanto grandi? Chris nota il mio imbarazzo.

«Devono essere più o meno così» mi spiega, mentre solleva un masso tenendo in tensione i bicipiti, poi lo butta nel fiume.

«Scusami se non sono preparata, sai, a Milano non devo buttare dei sassi in mezzo alla strada per attraversarla!»

Lui non coglie la mia battuta ma mi osserva, lascia scorrere lo sguardo lentamente, dalle mie scarpe al mio volto, ma che fa? Mi sento in imbarazzo.

«Quelle scarpe non vanno bene» dice, indicando le mie All Star.

«Rischi di scivolare, non sono adatte. E poi quei

così… quelle specie di pantaloni non ti proteggeranno dalle spine nei cespugli!»

Sta parlando dei miei leggings? Ma in che secolo sono finita? Decido di non commentare e rimanere seria, mi sforzo di cercare dei massi simili a quelli di Chris, riesco a trovarne un paio che credo possano andare bene. Lui li solleva portandoli in acqua senza mostrare particolare fatica, lo fa con estrema precisione e sicurezza.

«Ok, ora dobbiamo attraversare il fiume. Faremo così, io andrò per primo e mi fermerò a metà per aiutarti, nel caso tu decidessi di farmi qualche scherzetto e buttarti nella corrente» sorride.

«Guarda che io non ho alcuna intenz…»

«Guarda che era una battuta» taglia corto lui. Ah, allora il senso dell'umorismo ce l'ha! Non è in grado di capire le mie battute ma ha un codice tutto suo, anche se più che una presa in giro a me sembrava una minaccia di morte. Ok. Chris si allontana dalla riva e prende la rincorsa, chiudo gli occhi perché non ho intenzione di vederlo saltare nel vuoto su dei sassi scivolosi. Quando li riapro lui è già a metà.

«Non ho tutto il giorno!» mi dice. Prendo la rincorsa, ma non riesco a muovermi, non so dove appoggiare i piedi e da che parte iniziare. Pensa alla danza, mi dico, pensa che sia un passo di danza. Lui mi tende la mano, in attesa che io salti fino a metà del guado. Socchiudo gli occhi, provo a sostituire i sassi con l'immagine di un palco, prendo le misure, ok, devo solo fare cinque passi in rincorsa, è una coreografia. Respiro… uno… respiro… due… e tre!

Faccio un piccolo saltello iniziale e volo, leggera sulle punte, un sasso due sassi tre sassi, e sono dall'altra parte! Mi volto, Chris mi attende ancora a metà strada.

«Ce l'ho fatta!» urlo, felice di averlo zittito, ma lui storce il naso.

«Il tuo cellulare» dice soltanto. Mi metto le mani nella tasca della felpa alla ricerca dell'iPhone. Oh no, oh no, oh no. Prima che lui possa spiegarmi quel che è appena successo capisco, mi è caduto in acqua.

«Fortuna che sono riuscito a prenderlo prima che la corrente lo portasse via» mi dice, restituendomelo fradicio. Il cellulare ovviamente non si accende, dovrò aspettare fino a stasera per capire se è spacciato.

«Sei stata brava a saltare… ma comunque quando esci con me gradirei che spegnessi il telefono» mi dice. «Forse questo era un segno del destino.» Schiaccia l'occhio, che stronzo, mi fa un complimento e poi recupera subito con una pessima battuta.

«E ora che facciamo?» chiedo, scocciata. Lui guarda verso un punto lontano nel bosco.

«Siamo arrivati. Ma prima è meglio se ci fermiamo a mangiare qualcosa, il lavoro richiede tempo e forza.»

Estrae dallo zaino due panini, me ne porge uno.

«Spero che le uova ti piacciano, è una ricetta tipica di questa valle. E comunque questo è ciò che c'è da mangiare, non ho altro.»

Allungo la mano colpita. Mi ha fatto un panino, cos'è questo atto di gentilezza? Vorrà mica avvelenarmi?

«Le uova mi piacciono, ti ringrazio» riesco a dire. Lui annuisce e si siede su un masso a mangiare in silenzio, senza rivolgermi la parola. Che tipo assurdo, mai conosciuto un ragazzo così, penso tra me e me.

Quando finiamo di mangiare ci mettiamo in marcia verso il boschetto di abeti rossi; Chris nel tragitto mi spiega che questi alberi fanno parte della famiglia delle Pinacee ed è un genere molto diffuso qui in montagna; mi spiega anche che dopo averli tagliati si occupa personalmente di ripiantarli in modo da non disboscare mai la foresta.

«Questo boschetto dove ti sto portando è stato attaccato da un parassita, credo sia meglio utilizzare questi tronchi perché sono comunque compromessi, il tuo palco sarà una struttura perfetta» mi spiega.

«Anche questi sono abeti?» gli chiedo, indicando degli alberi alti, aghifoglie, simili a pini. Chris dà un'occhiata veloce agli alberi.

«Sono abeti bianchi, è una specie leggermente diversa, lo puoi capire dalle foglie.»

Stacca un ago dall'albero e mi invita ad avvicinarmi a lui.

«Vedi, gli aghi dell'abete bianco sono piatti.»

Una brezza leggera mi accarezza la pelle, mentre lui mi appoggia delicatamente sul palmo della mano la foglia aghiforme.

«Conosco bene il legno dell'abete rosso, ci ho costruito la mia chitarra, è ottimo per l'acustica ed è uno dei miei preferiti.»

«Ma suoni la chitarra?!» chiedo con stupore. Lui storce il naso un po' offeso, gli si forma ancora quella fossetta sulla guancia sinistra.

«Da quando sono bambino. Perché ti stupisce tanto? Vivo nei boschi ma non sono mica un uomo primitivo.»

Scoppio a ridere, Chris si soffia via una ciocca di capelli sulla fronte.

«Non era mica una battuta!» mi dice, ma io rido lo stesso, e stranamente, per la prima volta in vita mia, il cellulare non mi manca, per niente.

«Siamo arrivati.»

Mi guardo intorno, noto qualche differenza tra gli alberi che mi circondano e quelli che abbiamo visto finora. Il tronco è interamente ricoperto da rami con foglie sottili, di un verde scuro ma vivo.

«Quanti anni hanno questi alberi?» chiedo, accarezzando le foglie di un esemplare.

«Dipende, sono alberi molto longevi, in rari casi anche fino a novemila anni.»

Strabuzzo gli occhi, novemila anni? Scherziamo?

«Questi ovviamente sono più giovani, avranno qualche centinaio d'anni.»

«Giovani per modo di dire!» dico io ridendo, lui questa volta accenna un sorriso timido.

«Mi chiedo quante cose e persone deve aver visto quest'albero, probabilmente ha visto i miei nonni, e i loro padri, buon parte del mio albero genealogico.»

«E ora arrivi tu e lo tagli» gli dico. Lui si incupisce.

«Lo taglio ma lo ripianto» si giustifica.

«Questo lavoro mi è stato trasmesso da mio padre, e a lui da suo nonno. So che può sembrare un po' crudele» dice, accarezzando il tronco di un abete rosso.

«Ma io amo queste piante, mi batto per difendere la foresta, gli alberi tagliati vengono ripiantati. Purtroppo però non possiamo sopravvivere senza legna: è il ciclo della natura» mi dice. «E poi come avrai studiato, tu che vai a scuola, nulla si crea o si distrugge, ma tutto si trasforma. Questo legno diventerà il tuo palco, poi quando sarà consumato diventerà legna per il camino, poi diventerà carbone, e infine, chi lo sa, forse sarà parte della terra su cui cammini.»

Chris ritorna silenzioso di colpo, anch'io lo sono, ripenso alle parole che mi ha appena detto: tutto si trasforma; respiro l'aria pura della montagna e mi sento meglio.

Passiamo il resto del pomeriggio a contrassegnare con la vernice rossa gli alberi che Chris taglierà, in modo da non confonderci, poi ritorniamo verso casa, è già pomeriggio inoltrato. Riattraversiamo il torrente con i sassi lanciati poco prima, e passiamo dalla strada che porta alla vetta, ora in salita, fino alla cima, Chris cammina senza parlare. Quando arriviamo è già ora di cena. Sono stata bene oggi, penso. Lo guardo negli occhi, anche lui mi fissa, forse vorrebbe dire qualcosa. Ma la porta di casa di Chris si spalanca ed esce suo padre.

«Dove diavolo sei stato per tutto il giorno? Vieni immediatamente in casa se non vuoi restare fuori a dormire con i lupi stanotte, razza di disgraziato, dovrei ammazzarti.»

Chris rimane a fissarmi, non abbassa lo sguardo, percepisco la forza che cela in quegli occhi colore del mare, così profondi ma carichi di un'energia che non avevo mai visto.

«Devo andare» mi dice infine, voltandosi verso quella casa un tempo forse piena d'amore, ora ricolma di odio.

«Chris!» lo fermo con la voce, prima che possa raggiungere suo padre. «Grazie!» riesco a dire, infine. Lui annuisce e sorride tristemente, poi sparisce dietro la porta di legno scuro. È tardi ormai, devo tornare a casa anch'io, il sole è già tramontato e il bosco è più scuro del solito, ma non ho paura, il dolore di questi giorni mi ha resa più forte. Ridiscendo il pendio carica di un'energia nuova, lasciandomi avvolgere dal manto blu della sera.

18

La nonna mi ha consigliato di lasciare il cellulare immerso in un sacco di riso bianco, per tutta la notte. La mattina mi alzo e provo ad accenderlo durante la colazione, funziona. Lucky mi salta sulle ginocchia, io lo abbraccio mentre mangio una torta di mele.

«Che programmi avete tu e Alice in questi giorni?» mi chiede la nonna mentre spalma la marmellata di pesche.

«In questi due giorni devo assolutamente preparare una coreografia per la Festa della Luce, ormai manca pochissimo» spiego, leggermente agitata.

«Ti serve la connessione? Puoi anche allenarti qui in giardino...»

«Mi serve la connessione perché devo scaricare *Ops* di Mr. Rain, e ne approfitto per provare anche i passi per il provino.»

La nonna sorride. «Va bene, Evy, sappi che io ci

sono per te, anche se sono di un'altra generazione c'è una cosa nel tempo che non cambia mai. È la dote di saper ascoltare» mi dice, e mi si scalda il cuore. Corro al secondo piano per lavarmi i denti e spazzolarmi i capelli, tra poco Alice sarà qui. Oggi decido che non mi porterò dietro il cellulare, nonostante abbia ripreso a funzionare, dopo la gita di ieri non ne sento la mancanza.

Un tonfo secco fa tremare il vetro della finestra in camera mia, Alice è arrivata.

Le giornate delle prove volano. Alice mi fa da coach spronandomi a fare meno pause possibili, dovrei assumerla, ho sempre ballato da sola ma ora non posso neanche immaginare di fare le prove senza di lei. Leila mi chiama tutti i giorni ma io non rispondo, non ce la faccio davvero. Johnny non mi ha telefonato, la cosa mi ferisce ma ormai non mi stupisco più di nulla. Non ho più visto Chris, ma so che lo incontrerò presto alla Festa della Luce, questo mi provoca una sensazione strana, devo ancora decidere se è positiva o negativa. A ogni modo sono ancora qui, sul pianeta terra, e come tutti cerco di sopravvivere.

«Ciao, Evelyn!» Davanti a me, in cima alla montagna si materializza Manuel. Lo osservo, deve avere fatto una grande fatica ad arrivare fin quassù.

«Tutto bene?» chiedo.

Manuel si siede, tirando un sospiro di sollievo.

«Non preoccuparti per me, dimagrire mi fa solo bene, se non mi fossi fermato a metà strada per mangiare tre Mars...» commenta. Io trattengo una risata, poverino, è tenero però e trovo seriamente che abbia davvero un bel viso, un po' spagnolo.

«Sei venuto quassù per Chris?» chiedo.

«Oh no, no, io e Chris ci incontriamo sempre al lago, mai in cima alla vetta... sai... per via di suo padre...»

Annuisco, so cosa intende.

«Sono qui per te.»

Per me? Inclino la testa, stupita.

«Io mi occuperò delle musiche alla Festa della Luce, mi chiedevo quale fosse la tua colonna sonora.»

Sì, non ho dubbi.

«Ho scelto *Ops.*»

Manuel mi dà un cinque. «Ottima scelta Evelyn, mitico Mr. Rain!»

Sorrido, poverino, è venuto quassù solo per chiedermi il titolo della canzone.

«Ciao, Manuel!»

Alice si avvicina a noi, stava prendendo il sole. Manuel abbassa lo sguardo e diventa paonazzo.

«C... c... ciao Alice» sussurra, intimidito.

Ora ho capito! Ecco perché Manuel non è venuto a casa di mia nonna ad avvisarmi, in fondo anche lui abita in paese, perché è innamorato di Alice e voleva vederla!

«Ti senti bene?» gli domanda Alice, seriamente preoccupata.

«Sì sì, anzi: ho deciso di mettermi a dieta! Sto facendo un po' di flessioni con Chris, tutti i pomeriggi.»

Alice annuisce, non sembra molto interessata.

«Vuoi restare a guardare le prove? Potresti tenerci compagnia» chiedo. Gli occhi nocciola di Manuel si illuminano, si passa una mano tra i folti capelli.

«Volentieri! Grazie, grazie mille Evelyn!»

«Puoi chiamarmi Evy» gli dico, prima di rimettermi al lavoro.

19

La notte prima della Festa della Luce sono davvero agitata, sono seduta sul letto e faccio lunghi respiri profondi.

È sempre così. Ogni giorno prima di un'esibizione mi sale l'ansia, la paura di dimenticare i passi è tanta, ma ho provato molte volte la coreografia e mi sento pronta. Spero solo che l'agitazione non mi faccia brutti scherzi.

Decido di non pensare a domani per evitare paranoie inutili, mi avvicino alla finestra, sfumature sul rosa e tonalità rosse tingono il cielo, oggi più bello del solito.

Solo ora mi rendo conto di come riesca ad apprezzare di più ciò che mi circonda. Queste parole mi riportano a una delle mie canzoni preferite di Fedez, *Cigno nero*, «Godiamoci il momento perché prima o poi finisce».

«Evelyn cara, scendi, le lasagne sono pronte!» La voce della nonna mi riporta alla realtà. Balzo giù dal letto e scendo velocemente le scale. La cucina è invasa dal profumo del ragù della nonna. Mi siedo a tavola e verso l'acqua nei due bicchieri.

«Grazie Evelyn» dice lei mentre inizio ad assaggiare le lasagne.

«Grazie a te, nonna, queste lasagne sono fantastiche.»

La nonna mi accenna un sorriso, lei e la mamma sono davvero simili, soprattutto negli occhi, entrambe hanno l'iride colore del mare, io invece ho preso da papà e ho gli occhi color cioccolato.

«Come sono andate le prove per i preparativi della festa?»

Decido di non raccontare la giornata con Chris, la nonna non lo sopporta proprio e in realtà, ora che ci penso, fino a pochi giorni fa nemmeno a me andava a genio, e le parole "Chris" e "gentile" nella stessa frase sono ancora strane da sentire.

«Sono andate molto bene, la coreografia mi sembra davvero carina, inoltre Alice è stata così gentile da aiutarmi.»

La nonna mi mette nel piatto un'altra porzione di lasagne poi si rassetta il vestito.

«Bene tesoro, sono sicura che domani avrai la tua rivincita!»

Sorrido sotto i baffi, ma in realtà sono terrorizzata, e se andasse male?

«Ma ora dimmi, come ti vestirai?»

Il v-e-s-t-i-t-o!

Ok, sono letteralmente spacciata, non ho nessun abito nella valigia, solo leggings, pantaloncini e una gonna di jeans sportiva che non è decisamente il caso che io indossi. Be', ma alla fine che senso ha essere così fissate? Non sono mica una fashion blogger, anzi, ho deciso, indosserò dei pantaloncini neri e una maglietta a maniche corte. Subito nella mia mente si apre distinta l'immagine di me alla festa, tutti sono molto eleganti e mi osservano, si chiedono come mai sia vestita come se stessi per andare a dormire, l'attenzione si concentra su di me e si fa pressante, qualcuno inizia pure a fare commenti, o peggio, tutte le ragazze indossano un vestito da sera abbastanza lungo e io con i pantaloncini sembro in mutande... Ok, no, devo assolutamente trovare un cavolo di vestito.

Mi alzo dalla sedia e corro letteralmente in camera, rendendomi conto di non aver risposto alla domanda della nonna.

«Scusa nonna, ma ora devo assolutamente andare da Alice.»

Metto la giacca, infilo le scarpe e in un secondo sono fuori dalla porta di casa avvolta dall'aria fresca della sera. Oltre a non avere risposto alla nonna non l'ho nemmeno salutata. Torno indietro, di corsa, l'abbraccio e mi dirigo verso casa di Alice.

La nonna sembrava confusa, le spiegherò tutto non appena avrò trovato il vestito per domani e sarò salva da una probabile figura di merda.

Prendo il telefono dalla tasca dei jeans solo per guardare l'ora. 10.17 p.m. Spero che Alice non stia dormendo. Suono il campanello della villa. Dopo qualche secondo Adamo apre la porta e senza esitare mi accoglie in casa, sembra preoccupato, effettivamente è tardi, ma lo rassicuro dicendogli che sono venuta solo per chiedere una cosa veloce ad Alice.

«Va bene, Alice è al piano di sopra.»

Lo ringrazio e mi avvio verso la camera della mia amica. Busso ed entro.

«Evy! Cosa ci fai qui? Tutto bene?»

Lei sta guardando *Dinasty*, adoro questa serie, intrighi, amori... non c'è un modo per spiegarla, la si deve vedere e basta!

«No, è tutto un disastro! Non ho il vestito per domani! Ero così presa dalla coreografia che mi sono dimenticata di pensare al resto, e non posso ballare con i pantaloncini del pigiama!»

Alice stoppa la serie e si alza in piedi, assonnata.

«Questo sì che è un problema, ma tranquilla, madame, all'outfit ci penso io.»

È incredibile come Alice riesca a strapparmi un sorriso in ogni situazione.

Ci spostiamo nell'altra stanza, dove la mia amica ha una enorme cabina armadio e inizia a mostrarmi un sacco di vestiti bellissimi di colori sgargianti, fantasie e forme diverse, ma purtroppo, appena li provo, mi stanno tutti larghissimi sul seno, cioè: sembro tipo una specie di caramella avvolta nella carta stagnola. Ora posso definitivamente disperarmi.

«Ok, chissenefrega, ballerò in pigiama.»

Alice sbuffa, poi le viene un'idea. «Evy, ci sarebbe infine questo, a me sta un po' stretto.»

Alice mi mostra un bellissimo vestito bianco panna molto semplice, con delle bande di pizzo ricamate sulla parte superiore del vestito, la gonna di tulle è perfetta, morbida e abbastanza lunga, ma non ingombrante. Lo provo velocemente sperando in un miracolo, e stranamente la fortuna mi assiste, è il vestito giusto!

«È stupendo, Alice.»

Lei tira un sospiro di sollievo. «Felice di esserti stata d'aiuto, domani ti va di venire qui a casa mia così da prepararci insieme prima della festa? Anche perché dobbiamo raccogliere i fiori...»

Storco il naso. «Vuoi aiuto in giardino?»

Lei si butta sul letto e ride. «Evy, mi fai morire, ma che dici?! Ma no: dobbiamo raccogliere dei fiori per fare una corona, praticamente è obbligatorio, è un'usanza della festa.»

Aaaah ok, chiarissimo.

«Ottima idea! Arriverò verso le cinque di pomeriggio, va bene?»

«Perfetto, mi raccomando, non dimenticarti il vestito!»

Annuisco sicura, ma poi mi viene in mente un pensiero terribile che rimette tutto in discussione.

«Alice, ci sarebbe un'altra cosa...»

Lei mi squadra con fare interrogativo. Spero sinceramente che la sua risposta sia positiva, altrimenti sono completamente da capo.

«Dimmi che c'è un'estetista qua in montagna, devo assolutamente farmi i peli.»

Lei esita. «No, qui in valle non ne abbiamo una...»

Oddio, ho trovato il vestito ma sembrerò una scimmia, non può essere un compromesso!

«Perché in genere faccio tutto da sola, con la cera al caramello, se vuoi ti posso aiutare.»

Ma che storia è mai questa? Vorrei chiedere più spiegazioni ad Alice ma l'idea che possa infastidirsi e non aiutarmi mi fa passare la voglia, sia quel che sia, caramello, cioccolato, me lo farò andare bene.

«Ti ringrazio!» squittisco io.

Ci dirigiamo verso il piano di sotto, quando a un tratto sentiamo una voce maschile provenire dalla cucina.

«Sono stanco di tenere il paese all'oscuro, verrà a

galla prima o poi. Pensa ad Alice, pensa a quanto sarebbe delusa!»

Non capisco. Mi giro verso Alice, la vedo dubbiosa e un po' spaventata.

«Senti, ci sei dentro tanto quanto me. Non mettere in mezzo Alice, la cosa rimane tra noi.»

Alice mi fa segno di rimanere in silenzio, facciamo entrambe un passo avanti per vedere meglio, ma le nostre ombre si proiettano sul muro davanti alla scala. Facciamo entrambe un passo indietro veloce e il cellulare mi cade dalla tasca, sbattendo sui gradini.

Prima che suo padre ci veda Alice mi trascina indietro per il giubbotto, fortunatamente Adamo e l'altro uomo non ci vedono, si limitano a concludere la conversazione in fretta.

«Alice! Per Evelyn è ora di tornare a casa, è tardi e non vorrei che la sua nonna si preoccupasse» urla dal piano di sotto.

Alice mi guarda. Ci siamo intese, dopo la festa dobbiamo indagare su cosa sia successo.

«Ci vediamo domani, mi raccomando, acqua in bocca, non parlare a nessuno di ciò che abbiamo appena sentito.»

Annuisco. Scendiamo le scale, Alice mi accompagna alla porta.

«Godiamoci la Festa della Luce.»

Vorrei dirle che non è la prima volta che sento suo padre parlare di un grande e rischioso "segreto" ma, come ha detto lei, ci penseremo tra qualche giorno. Mi limito a salutarla, chiudendo la porta alle spalle, dirigendomi verso casa.

Il bosco di notte sembra il luogo perfetto dove andrebbe a vivere una fata se ne esistesse una, la luce della luna illumina l'erbetta fresca e gli alberi si stagliano alti e forti come per proteggermi dal cielo tempestato di stelle.

«Ciao nonna, scusami un sacco per prima, scusa anche per l'orario.»

«Tranquilla cara, trovato il vestito?»

Sorrido. «Sì, trovato.»

È impressionante come la nonna capisca sempre tutto.

20

Prima o poi, a forza di farla cadere, la sveglia si romperà, la mia delicatezza la mattina è pari a quella di un elefante e la mia ansia oggi è qualcosa di incalcolabile.

Felicità, e farfalle nello stomaco. Salto giù dal letto come se scottasse e trascino il mio corpo elettrizzato in cucina, lo stomaco è chiuso, ma non posso permettermi di non fare colazione, oggi mi serviranno molte energie. Prendo uno yogurt, dei cereali e un tè al limone. La nonna mi raggiunge a tavola con Lucky che si avvicina dolce a chiedermi del cibo.

«Ciao cara, sei per caso andata in soffitta di recente?»

La soffitta. Le lettere. Merda.

«No... perché?» nego imbarazzata, fingendomi molto impegnata.

«Ieri notte ci sono stata... solitamente la soffitta è sempre in ordine, ma ieri...»

Se prima ero imbarazzata ora sono agitatissima.

«Magari Lucky è andato su ieri notte.» Sono le uniche parole che riesco a pronunciare. Il cane, sì, e magari si è letto pure qualche lettera d'amore, stupida Evy.

«Mmm...»

Se prima ero agitatissima ora sono nel panico.

«Va be', non fa niente, ogni tanto lascio la finestra della soffitta aperta, magari è stato il vento» risponde la nonna ammiccando con un sorriso, chiaramente finto, sa perfettamente che non è stato il vento, o Lucky. Oggi però non voglio distrazioni, devo concentrarmi sullo spettacolo.

Decido di uscire in veranda per ascoltare un po' di musica. Faccio partire la riproduzione casuale. *Photograph* di Ed Sheeran, amo questa canzone. Improvviso una coreografia, mi lascio trasportare dal testo e dalla melodia, abbandonandomi. Ogni parola è accompagnata da un movimento. Spero solo di ballare così anche questa sera.

Le ore prima dello spettacolo passano veloci. Un libro, qualche canzone, la tv e sono già le tre. Mi incammino verso casa di Alice che mi accoglie con un grande sorriso.

«Oggi è il grande giorno! come ti senti?»

«Come quando sai che una cosa potrebbe andarti strabene o assolutamente un disastro.»

«Andrà strabene, se va male ti regalo il vestito.»

Vorrei abbracciarla. Ci avviamo verso camera sua. Vorrei chiederle se ha scoperto qualcosa riguardo al misterioso segreto del padre, ma ho paura di poter essere troppo invadente.

«Bene, ora però bando alle ciance, ragazza, prepariamoci!»

Alice mi invita a seguirla in giardino dove ha preparato quello che dovrebbe essere considerato lo studio estetico improvvisato. Osservo il miscuglio color ambra.

«Fa più o meno male della cera normale?»

Alice fa una smorfia.

«Fa che, se non ci muoviamo, da qui a stasera ti rimarranno i segni rossi sulle gambe e sotto le ascelle.»

Basta questa frase per farmi sdraiare immediatamente sul lettino, pronta a soffrire. Alice manovra la miscela dorata, e un odore dolce di caramello mi avvolge, facendomi venire una gran fame.

«Ma si può mangiare?» chiedo, sinceramente curiosa.

«Sì, si tratta di estratto di caramello vegetale, ovviamente non lo puoi mangiare dopo averlo usato!»

Ridiamo entrambe, effettivamente che schifo.

«Se mi prometti di non muoverti quando entro in azione ti faccio intingere il dito!»

Annuisco, Alice mi spalma il caramello sulle gambe e poi mi porge quello che non ha utilizzato.

«Stai attenta però, è caldo!»

Intingo il dito nel caramello e me lo porto alle labbra, sono perplessa, ma il profumo mi apre immediatamente lo stomaco, lo assaggio e… oh mio Dio è delizioso! Ma poi…

«Ahia!!!» Alice ha tirato la striscia, tendendomi una trappola. «Non è leale!»

Lei ride, portandomi via la ciotola di caramello dalle mani.

«Se non si fa così non ce la caviamo più, e basta mangiare, questo serve per le tue gambe!»

La situazione è abbastanza assurda, ma sono grata ad Alice, mi sta salvando la vita.

La serata procede tranquilla, mangiamo la pizza e ci abbuffiamo di patatine e caramelle come se non ci fosse un domani. Il trucco che ho fatto ad Alice è davvero bellissimo, gli ombretti sulle tonalità del rosso che le ho messo fanno risaltare i suoi grandi occhi blu e i boccoli biondi le incorniciano perfettamente il viso, valorizzando i suoi lineamenti. Inizio a truccarmi, mascara, eyeliner e il rossetto Matte Velvet Passion di Kiko, da cui non mi separo mai. In sottofondo la canzone *Riptide* mi riporta alle giornate a Milano con mamma e papà, solo ora mi rendo conto che un po' di nostalgia inizia a farsi sentire. Il mio pensiero viene interrotto da Alice.

«Non vorrei metterti fretta, dolcezza, ma tra poco dobbiamo andare, meglio che ci sbrighiamo.»

Dolcezza. Honey. Leila. Devo imparare a non pensarci.

«No, tutto bene, grazie» balbetto.

Siamo finalmente pronte. Entrambe abbiamo deciso di optare per i boccoli, il trucco è diverso, ma quando siamo vicine il contrasto che si crea è davvero bellissimo.

Adamo saluta Alice affettuosamente, dal modo in cui parlano deduco che non gli abbia raccontato niente riguardo al nostro origliare dell'altra sera.

Saluto anch'io cordialmente il padre di Alice prima di raggiungerla fuori casa, la nostra serata è appena iniziata, e io inizio a sentire le gambe che mi tremano, ormai siamo vicine, e l'ansia arriva puntuale come sempre.

Il sentiero che porta alla festa non è lo stesso che arriva in vetta, è davvero difficile stare al passo di Alice, e anche se ho fatto progressi ho ancora bisogno di fermarmi per riprendere fiato.

«Già stanca?» scherza Alice.

«No no, semplicemente pensavo che almeno con il vestito da sera non camminassi come una camionista.»

Alice si stringe nelle spalle.

«È il mio passo da montagna, vedrai che prima o poi lo prenderai anche tu.»

«E fu così che anni di danza classica andarono a finire in frantumi» canticchio io.

«Spiritosa...»

«No, seriamente, mi piacerebbe avere la tua forza, oltre che la tua taglia di reggiseno.» Ridiamo.

Prima di arrivare alla festa percepisco lungo la strada del bosco un odore dolce di incenso e una canzone pop in sottofondo, Alice mi stringe la mano, siamo arrivate. Io trattengo il respiro, non so davvero cosa aspettarmi.

Varchiamo l'ingresso del bosco, passando attraverso una tenda di seta rosa, davanti a noi centinaia di lucine e ghirlande di fiori sono appese sui rami degli alberi; sul prato ci sono cuscini morbidi dove potersi sedere circondati da candeline colorate che rendono l'atmosfera magica e anche un po' romantica. Sento la tensione allentarsi un attimo, persa in questa atmosfera da mille e una notte.

Jessica ci accoglie stranamente calorosa all'entrata.

«Benvenute alla Festa della Luce, ragazze. Questo è un foglietto da consegnare al bar se volete prendere qualcosa da mangiare oppure da bere. Divertitevi.»

Ci porge il biglietto e la ringraziamo.

Più avanti noto un grande falò, alcuni ragazzi seduti su panche di legno ridono mentre i marshmallow stanno sciogliendosi sul fuoco. Mi sembra di essere in un film.

Faccio un mezzo giro su me stessa.

«Wow, Evy, quest'anno è ancora più bello degli anni scorsi!»

Sposto lo sguardo nella direzione opposta e lo vedo, il palco che Chris ha costruito per me, è davvero incredibile, attorno a esso ci sono piccole lucine bianche e dei fiorellini azzurri che non conosco. Mi avvicino e lo tocco delicatamente, il legno che abbiamo scelto è davvero fantastico, morbido al punto giusto ma allo stesso tempo forte e robusto. Mi sento al sicuro.

Alice ha ragione, l'atmosfera è magica, la musica, le ghirlande di fiori indossate sul capo da tutti gli invitati, sembra proprio una festa hippy.

«Bene, per prima cosa facciamo la coda per il drink, magari conosciamo anche qualche ragazzo carino… qualcuno che viene da un'altra valle…»

Do un colpetto ad Alice sulla spalla.

«Effettivamente qui in fatto di uomini non siete molto fortunate…»

Alice arrossisce. Che le piaccia qualcuno?

Il bar dove fanno i cocktail è una casetta in legno dipinta di azzurro cielo, circondata da tappeti persiani dove i ragazzi si rilassano. La tensione per la mia esibizione è un po' scesa, e tra poco, se sono fortunata, vedrò anche qualche lucciola.

«Per noi due Bacio di fata» dice Alice con tono sicuro al barista, un ragazzo moro più grande che ho già visto da qualche parte in montagna ma di cui non ricordo il nome. Ha dei bellissimi occhi azzurri.

«Ali, ma che roba è?»

Alice sorride, furbetta.

«Fragole, anice e vino!»

Non posso assolutamente bere alcol prima dello spettacolo!

«No Ali, io non posso bere, devo danzare e...»

«Non è assolutamente forte, è allungato con l'anice» mi dice il barista ammiccando con un sorriso, ma dove l'ho già visto?

«Va bene, solo uno però!» accetto, un po' perplessa. Alice inizia a ballare, hanno messo una canzone di Fedez che mi piace moltissimo.

«Ecco i vostri cocktail!»

Il ragazzo ci porge due bicchieri contenenti un liquido blu con immerse delle fragoline di bosco. Lo assaggio, effettivamente è delizioso.

«Evelyn!» La voce di Chris mi arriva come un brivido sulla pelle. Lui è al centro della festa, indossa una camicia azzurra che ne fa risaltare gli occhi di ghiaccio, dei jeans strappati e una collana in legno probabilmente costruita da sé, non l'ho mai visto così prima d'ora.

«Il palco è pronto, volevo solo dirti questo prima di andare.»

Trattengo il fiato, lui non ci sarà? «Come mai?»

Chris alza le spalle. «È mio dovere, l'ho fatto, ma non mi piacciono le feste» dice, fissando il mio cocktail.

«Non ti consiglio di berlo prima di ballare.»

Io lo tranquillizzo. «No il barista mi ha detto che praticamente non c'è alcol.»

Lui mi fissa, serio. Adesso si preoccupa per me?

«Non mi fiderei del barista…»

Io storco il naso, cos'è? Ora è anche geloso? «Perché? Lo conosci?»

Chris sposta lo sguardo dietro di me verso il bar, è molto serio.

«Sì, è mio fratello.»

Cosa?! Chris ha un fratello? Ecco perché mi sembrava di averlo visto, assomiglia moltissimo a lui.

«Bene, me ne vado, buona serata» mi dice, voltandosi bruscamente, come se la mia sola presenza gli desse un gran fastidio. Ma prima che possa sparire dal mio raggio visivo la musica si stoppa con un suono sordo, tutti gli invitati mormorano tra di loro perplessi. Che è successo? Dopo qualche attimo Manuel sale sul palco.

«Ragazzi, scusate… so che mi occupo io della musica ma abbiamo avuto un problemino…»

Oh no.

«Il sistema si è, si è, ecco… fuso.»

Ma come è possibile? Alice mi si avvicina.

«Evy, ma come farai a ballare?»

Manuel fa una pausa, è rosso in volto.

«Quindi siamo senza musica...»

Non posso ballare senza musica, quindi non ballerò per niente.

«Evy, stasera doveva ballare per noi ma...»

Manuel sembra davvero in difficoltà.

«A meno che qualcuno non sappia suonare la chitarra...»

Io mi guardo in giro in cerca di risposte ma nessuno si fa avanti. Tutti però si voltano verso Chris, che è fermo in prossimità dell'ingresso della festa.

«Chris, ci faresti questo ultimo favore?» chiede Manuel, visibilmente in difficoltà.

Oh no, Chris sa suonare la chitarra. Ma perché questo ragazzo sa costruire o suonare tutto ciò che mi serve? Che poi detta così sembra anche una cosa positiva, se non fosse che lui mi odia e a volte sembra proprio uno stronzo. Silenzio.

«Io non posso, insomma: il mio dovere l'ho fatto» afferma Chris osservandomi. Forse sono salva, forse...

«Sì, hai ragione...» rispondo io. Ho voglia di ballare per prendermi la mia rivincita verso chi mi ha votato contro all'assemblea, ma insomma, non posso essere disposta a farlo davanti a Chris che mi terrorizza, ballerei malissimo e sarebbe sicuramente un disastro.

«Sai che non te lo chiederei mai se avessimo scelta...»

Sì, sarebbe decisamente orribile, non abbiamo neanche mai provato insieme... Tutti gli occhi sono puntati su Chris, lui sembra davvero scocciato, si sposta dall'ingresso e rientra al centro della festa. Mi guarda. Io cerco di fargli capire che non deve farlo, gli lancio delle occhiate disperate.

Silenzio.

Ora dirà qualcosa, deve dire qualcosa.

«E va bene, che canzone devo suonare e cantare?»

«*Ops* di Mr. Rain» dico.

La folla esplode in un applauso, il fratello di Chris salta fuori da dietro il bancone e catalizza l'attenzione.

«Questo è mio fratello, l'unico capace di salvarci sempre da qualsiasi situazione!»

Chris si divincola, sfuggendo al suo abbraccio. Il fratello lo ignora e si prende gli applausi, mentre io leggo nei suoi occhi un lampo di rabbia.

«Allora che le danze abbiano inizio!» urla infine Manuel, ma nessuno lo sta più ascoltando, le ragazze sono intente a fissare il fratello di Chris che sta ingurgitando un intero bicchiere di Bacio di fata, ma che problemi hanno in quella famiglia? Ce ne sarà uno normale? Io prendo il mio bicchiere e ne rovescio immediatamente il contenuto sul prato, ora non mi fido più e non ho proprio idea di che cosa ci sia dentro.

La folla esplode, Chris mi osserva come se volesse

comunicarmi qualcosa, intuisco che ciò che sta pensando dev'essere più o meno questo: Facciamola finita, suonerò per te ma questa è davvero l'ultima cosa che faccio, poi sparirò. Chris si avvia verso casa per recuperare la sua chitarra. Voglio farla finita anch'io, questa storia della festa sta diventando davvero una tragedia.

21

L'atmosfera è sospesa, il brusio delle persone mi mette ansia, non c'è più la musica rilassante di prima, solo le lucine colorate mi danno un po' di conforto. Salgo sul palco, Chris è già lì che mi aspetta, sta accordando la chitarra. Di colpo mi viene in mente un ricordo di me bambina, io che per la prima volta salgo sul palco di un teatro, le luci accecanti, il silenzio innaturale, un pubblico di volti tra i quali non riuscivo a riconoscere i miei genitori…

«Chris, io non sono sicura di farcela…»

Ma poi era partita la musica…

«Conto fino a tre per tre volte prima di dare l'attacco, ok?»

E avevo cominciato a ballare.

Ora, dieci anni dopo, ho paura, il palco è la mia casa ma questa volta mi sembra ostile. Accarezzo il legno freddo con la punta del piede, provo in tutti modi a mettermi in contatto con il palco e le sensazioni di calma che mi suscita di solito, ma questa volta sono sola.

Mi posiziono al centro, dove la luce batte più forte, Chris è seduto davanti a me, dà le spalle al pubblico, è un dialogo intimo tra noi due. Fa un cenno con la testa come per dire di essere pronto, è il momento, tutto quello che fino a poco fa mi sembrava il futuro, adesso è diventato il presente e dal presente non si può scappare.

«Uno… due… tre.»

Chris batte il tempo con il piede sul legno, il primo segnale.

«Uno… due… tre.»

Chiudo gli occhi, devo giocarmi anche l'ultimo pezzo di cuore.

«Uno… due…»

L'ultimo segnale.

«Tre!»

Chris accarezza le corde della chitarra e la melodia si alza, leggera e profonda. Io rimango immobile, terrorizzata, ho perso l'attacco.

Chris mi guarda con fare interrogativo. Chiudo gli occhi e ascolto la musica. Respira. Mi torna in mente un altro ricordo di me bambina, sono su una barca in vacanza con i miei genitori, stringo in mano la mia bambola preferita. Ma a un tratto prendiamo un'onda troppo grande e la barca sussulta, la scossa mi fa cadere dalle mani la bambola, io non ci penso due volte e mi butto per recuperarla e sprofondo in mezzo al mare, troppo immenso per riuscire a vederne il fondo. Chiudo gli occhi. Una mano mi afferra il braccio, è il mio papà.

Poco dopo sono ancora a bordo della barca, infreddolita, non ho trovato la mia bambola, ma sono salva. Di quel ricordo non mi è rimasta la paura del mare, ma soltanto la convinzione che, se non avessi provato a recuperare la mia bambola, sarei cresciuta con il rimorso di non averci provato.

Ci sono certi errori che bisogna fare.

Mi alzo sulle punte dei piedi e lascio che sia il mio corpo a muoversi libero senza che la mente comandi, la coreografia che ho preparato la dimentico completamente e seguo un ritmo nuovo che viene direttamente dal mio cuore, non so se sto andando bene o male, ormai sono un tutt'uno con la melodia. Tengo gli occhi chiusi, ma la musica mi sfiora come velluto sulla pelle, mi stringe e mi scalda, il mio corpo ondeggia e parla con il palco.

Mi abbasso e lentamente scendo in una spaccata, poi inclino le gambe e mi porto a pancia in giù, pronta a tornare sulle punte per alzarmi verso il cielo. Sento la musica di Chris prendere coraggio ed esplodere a ogni mio passo, non ho mai ballato così in vita mia. Un altro passo sulle punte, un mezzo cerchio, atterro, precisa, e mi sciolgo in un inchino, mentre le ultime note della canzone muoiono lentamente nella notte.

Silenzio.

Poi, parte immediatamente un applauso fragoroso.

«Oh mio Dio, bravissima Evy!!!»

Riconosco la voce di Alice. Apro gli occhi e le mie pupille riflettono una folla stupita e calorosa, ma ciò che catalizza la mia attenzione è il ragazzo seduto davanti a me, che dà le spalle al pubblico. Chris è perso in uno sguardo che è un misto tra ammirazione e paura. Anch'io lo osservo in modo diverso, per la prima volta vedo in un lui qualcosa che mi era sfuggito ma che è emerso chiaro e forte con le note della canzone, lo specchio della sua anima.

Lui si alza in piedi, e io mi avvicino. «Sei stat...» diciamo all'unisono.

«Ci spostiamo da qui?» mi chiede lui, infine, e io rispondo di sì senza pensarci.

Mentre scendiamo dal palco insieme mi guardo intorno, la festa è definitivamente iniziata. Manuel suona la chitarra di Chris accennando qualche nota, se la cava. Che abbia organizzato tutto per far sì che Chris suonasse per me?

«Più avanti, vicino al fiume, è un buon posto per vedere le lucciole!»

Annuisco. Anche lui ha capito che preferisco staccarmi dalla confusione. Il fiume è appena dietro il bosco, e la sponda è stata attrezzata con cuscini e tappeti color indaco. Ci sediamo, davanti a noi l'acqua scorre limpida e illuminata dal riflesso perlato della luna. Vorrei chiedergli dove ha imparato a suonare la chitarra, ma mi sembra una domanda troppo avventata.

«È stata mia madre a insegnarmi a suonare la chitarra» mi anticipa lui.

«Deve essere stata brava...» ammetto. Chris annuisce, poi strappa delicatamente un filo d'erba.

«Te la sei cavata questa sera sul palco» mi dice, cogliendomi impreparata.

«Non fraintendermi, credo ancora che la danza sia una cosa inutile... ma...»

Ridiamo entrambi.

«I tuoi complimenti suonano come delle minacce di morte!»

Lui ha un bellissimo sorriso.

«Sono solo cresciuto con un'educazione diversa dalla tua, lo sai, mi hanno educato i lupi.»

Si porta il filo d'erba alla bocca ed emette un suono simile a un richiamo della foresta. Mi tolgo le scarpe, il mio vestito bianco riflette gli argentei colori delle stelle.

«Allora tuo fratello è stato cresciuto dagli orsi» rido io, ma questa volta da sola, mi mordo il labbro per la pessima battuta.

«Mio fratello è uno stronzo.»

Mi volto verso di lui, la camicia azzurra è leggermente sbottonata sul collo.

«Posso chiederti perché?»

Lui fa una smorfia, gli si forma una fossetta deliziosa sulla guancia sinistra.

«Me l'hai appena chiesto.»

Simpaticone.

«Quando mia madre se ne è andata, e mio padre ha iniziato a bere, mio fratello maggiore ha pensato bene di abbandonarmi qui solo con mio padre, come vedi torna soltanto quando c'è qualche festa.»

Abbasso lo sguardo, una brezza leggera si è appena alzata.

«Non potevi andartene anche tu?» chiedo, un po' ingenua, ma lui non sembra offendersi.

«Mio padre qui da solo sarebbe sicuramente morto, ormai si è lasciato andare troppo, io lo odio, ma è sempre mio padre...»

Sospiro, ha ragione. Ora mi sembra di conoscerlo un po' di più.

«E poi il mio futuro è qui» dice, tirando un sasso nel fiume e facendolo saltare tre volte.

«E come lo sai?» gli chiedo, accarezzando l'acqua con la punta delle dita. Lui ammicca con un sorriso.

«È un gioco che mi faceva fare mia madre da bambino...»

Io mi rimetto seduta con la schiena dritta.

«Racconta, io amo i giochi!» lo esorto. Chris si passa una mano tra i capelli folti.

«Va bene.» Chiude gli occhi, e li chiudo anch'io con lui.

«Immagina di essere in una stanza con tante fotografie che ritraggono te stessa in possibili futuri diversi...»

Io, sempre tenendo gli occhi chiusi, mi immagino una stanza dai muri lilla con appese centinaia di foto, mi avvicino, le osservo meglio...

«Ad esempio, in una ci sei tu con l'uomo della tua vita.»

Sono in piedi nella stanza lilla e tra le mani stringo proprio quella foto, la sfioro con un dito, e mi immagino un ragazzo bellissimo che mi stringe forte a sé.

«In un'altra ci sei tu con dieci bambini aggrappati alla gamba.»

Lo sento ridere. Ritorno con la mente nella stanza lilla...

«... oppure in un'altra ci siamo io e Alice che facciamo shopping con un budget illimitato!»

Questa volta ridiamo entrambi.

«Bene, vedo che hai capito il concetto. Ma ricorda, puoi scegliere solo una di queste foto.»

Io esito un attimo. Sono nella stanza lilla e passo velocemente in rassegna tutte le foto sulla parete.

«Non posso scegliere, non posso rinunciare a tutte queste cose per un unico obiettivo.»

Chris sembra soddisfatto.

«Ma se dovessi scegliere? Se ti puntassero una pistola alla testa?»

Sospiro. «Sceglierei la danza.»

Lui schiocca le dita. È qui che voleva arrivare.

«E tu come ti vedi nel futuro?» gli chiedo io.

«Il mio Chris del futuro creerà un rifugio nella foresta, per tutti coloro che scappano dalla città.»

Sospiro di nuovo.

«Grandi ambizioni!» lo prendo in giro.

«Ora puoi anche aprire gli occhi.»

Io lentamente sollevo le palpebre. Lui è davanti a me, nasconde qualcosa nella mano chiusa.

«Ma sai cosa è più importante del futuro, Evy?»

Io sbatto le ciglia, Chris apre la mano e lascia uscire un piccolo punto luce, una lucciola meravigliosa.

«Il presente...» mi dice in un sorriso.

22

Torno a casa attraversando il bosco, ogni mio passo rimbomba nell'immenso silenzio della foresta, mi chiedo perché la notte sia così breve, questa serata rimarrà nei miei ricordi eppure è durata soltanto poche ore. Un cerbiatto attraversa la strada sterrata fermandosi davanti a me, intimorito. Osservo i suoi occhi grandi come stelle, non mi muovo per non mettergli paura. Penso alla fortuna che abbiamo noi esseri umani, il poterci rifugiare nei ricordi e riviverli tutte le volte che vogliamo, così che una sola notte possa durare tutta la vita. Il cerbiatto si avvicina e io lentamente, con precisione, alzo la mano in segno di pace. Lui la studia, si sofferma con il naso umido sulla punta delle mie dita. Poi mi guarda. Ha capito cosa è successo in questa serata? Ci fissiamo ancora una volta negli occhi. Tu domani dimenticherai questa notte, io invece la porterò con me per tutta la vita, penso, prima che l'animale torni nel bosco, alla sua natura selvaggia.

Quando rientro a casa trovo la nonna sul divano intenta ad ascoltare musica classica.

«Oh, come si è fatto tardi, mi sono seduta ad ascoltare un po' di musica e ho perso la cognizione del tempo» mi dice, accorgendosi che sono rientrata in casa. Appoggia la mano sul vecchio lettore cd e fa un lungo respiro.

«Tutto bene nonna? Qualcosa non va?» chiedo. La nonna scuote la testa ma sorride.

«No cara, tutto bene, è solo che la Festa della Luce mi fa venire in mente tanti ricordi…»

Mi avvicino e mi siedo sul divano, sta pensando al nonno?

«Ti fa venire in mente qualcuno?»

La nonna si irrigidisce e spegne definitivamente il lettore.

«No cara, nessuno. Ora meglio andare a dormire.»

Ora è chiaro, la nonna non vuole parlare del passato, dunque nasconde qualcosa. Ma cosa? La saluto con un bacio sulla guancia e fingo di rifugiarmi nella mia stanza, in realtà non vedo l'ora di andare in soffitta per sbirciare qualche lettera. Ripenso al mio passato, c'è qualcosa che anch'io vorrei nascondere o dimenticare? Mi vengono in mente Leila e Johnny, anch'io ho nascosto per anni a Leila il mio amore per lui. Penso a loro con nostalgia e disgusto.

Dopo che la nonna è andata in camera da letto io sgattaiolo in soffitta, mi corico sul pavimento in legno e guardo il sottotetto, c'è un piccolo abbaino che mi permette di vedere le stelle. Ripenso ai dettagli di questa notte e mi torna in mente il sorriso di Chris, il modo in cui suonava la chitarra, i suoi occhi color tempesta che mi fissavano sorpresi e diffidenti. Mi porto una delle lettere della nonna vicino al cuore, forse io e Chris potremmo diventare amici, forse ho sbagliato a giudicarlo così al primo sguardo, le persone finiscono sempre per stupirti. Le stelle questa sera ricordano tanto le lucciole, questi piccoli diamanti lontani anni luce che mi fanno sentire una cosa piccola e delicata sulla Terra, eppure mi calmano. Chiudo gli occhi, e senza rendermene conto cado in un dolce sonno profondo.

Mi sveglia la luce del sole che batte impaziente contro l'abbaino. Non ci posso credere, ho dormito in soffitta! Ma come cavolo ho fatto? Mi alzo e sento una fitta alla schiena, devo avere dormito tutta storta, accidenti, devo scendere prima che la nonna mi scopra. Apro la botola cercando in tutti i modi di attutire il rumore, e con angoscia sento subito l'avvolgente e squisito profumo di crostata che aleggia sulle scale. La nonna è già sveglia. Appoggio un piede sulla scala di legno che subito scricchiola.

«Tesoro, è pronta la colazione!»

Mi fermo in bilico, come un equilibrista maldestro.

«La colazione!» dice ancora la nonna, avvicinandosi pericolosamente alle scale. Aiuto, sono fregata: e ora come glielo spiego che sono venuta quassù senza permesso? Decido di dire la verità, ammetterò che sono salita in soffitta a leggere quelle lettere. La nonna inizia a risalire la scala, quando mi viene un'idea. Apro la finestra dell'abbaino e sorreggo uno dei pesanti scatoloni ripieni di lettere, faccio un lungo sospiro e poi spingo la scatola giù dal tetto con tutta la forza che ho.

Un suono sordo rimbomba nel giardino, e Lucky comincia ad abbaiare.

«Ma cosa è stato?» La nonna ridiscende lentamente le scale, e io esco come una lepre dalla soffitta.

«Nonna, nonna! Vado a vedere io!» urlo, ma la nonna non mi ascolta.

«Evy!» Un'altra voce mi chiama dal giardino, è Alice.

«Alice, ma cosa è successo in giardino?» domanda la nonna ad Alice che è sulla porta. Io dalle scale mimo alla mia amica di tapparsi la bocca, le spiegherò tutto più tardi.

«Oh no, nulla, solo un riccio...»

No, il riccio no...

«Devo assolutamente salvare quell'animaletto altrimenti Lucky lo tormenterà tutto il tempo.»

Faccio segno ad Alice di non lasciarla uscire.

«Ma Lucky è in casa!» mente lei con voce stridula.

«E io muoio di fame!» aggiungo precipitandomi nella stanza.

La fortuna ogni tanto è l'unica cosa di cui abbiamo bisogno.

«Ah Evy, ma dov'eri?» mi chiede la nonna stupita.

«Ho il sonno pesante, non ho sentito nulla» mento io. La colazione procede silenziosa, Alice non fa altro che fissarmi, non capisco se è per la storia della bugia che le ho chiesto di raccontare o c'è dell'altro.

«Ti sei divertita ieri sera?» mi chiede, quasi accusandomi.

«Sì, perché? E tu?» ribatto, un po' perplessa.

«Sì sì certo, è che a un certo punto non ti ho più vista e mi chiedevo... mi chiedevo se fossi con Chris» dice, ad alta voce, davanti alla nonna. Ma che le prende?

«Evelyn con quel lupo?» commenta la nonna, ridendo. Ma cos'hanno tutti stamattina?

«Ero con Chris» dico, senza nascondere niente. La stanza si colma di silenzio, Alice nasconde la faccia dietro la fetta di crostata. «Chris ha salvato la serata suonando la chitarra» spiego alla nonna. «Se non fosse stato per lui non avrei mai ballato» sussurro, ma so che mi hanno sentita tutti benissimo.

«Detesto quella famiglia» ripete la nonna, io mi raddrizzo sulla sedia.

«Neanche a me piace suo padre, ma lui sembra diverso perché…»

«Come? Hai conosciuto suo padre?» mi interrompe la nonna. Aiuto, mi sono fregata da sola, di nuovo.

«Sì, per caso, durante le prove» ammetto a testa bassa.

«Evelyn, non devi giustificarti, so che sei una ragazza formidabile, solo voglio darti un consiglio» mi dice la nonna. Alice ascolta complice. «Le persone non si possono cambiare se non sono loro stesse a volerlo per prime, e Chris è un lupo come suo padre, non ha intenzione di farsi addomesticare da nessuno, sta' attenta.»

Queste parole mi spaventano. Anche la voce gentile della nonna oggi mi mette a disagio. Sento l'esigenza di uscire di casa.

«Alice, mi accompagni oggi per le prove?»

Faccio segno ad Alice di uscire fuori e lei mi segue. Sparse per il giardino ci sono le lettere della nonna, il tutto sembra un casino terribile.

«Devo raccoglierle prima di salire in vetta…»

«Ti aiuto, ma poi mi spieghi» dice la mia amica un po' stizzita. Mi accuccio mettendomi al lavoro, ma sento qualcosa di morbido dietro le ginocchia. Lucky tiene in bocca alcune lettere e me le porge. Non ci credo. Lo accarezzo sulla testa e gli faccio segno di portarmene altre. Lui scodinzola e corre alla ricerca delle lettere. In questo modo finiamo il lavoro in una ventina di minuti.

Nascondo la scatola nel fienile, questa sera la riporterò in soffitta.

Io e Alice camminiamo nel bosco verso la vetta, lei tiene lo sguardo basso fissando i suoi passi e io le racconto la storia delle lettere della nonna. Attorno a noi il sole filtra tra il fogliame illuminando la strada di giallo e di verde.

«Perché hai parlato di Chris davanti alla nonna? Lei non ne vuole sapere di quella famiglia, lo sai» le dico, mostrandomi un po' delusa.

«Anche tu non volevi saperne fino a ieri sera, e ora siete la nuova coppia dell'anno!»

Mi blocco, ma che le è preso? Avrà paura che io possa diventare amica di Chris ed escluderla? Non succederà mai, ne sono sicura. Mi fermo e la afferro per le spalle.

«Alice, io sono tua amica, Chris ieri sera è stato gentile con me, ma questo non vuol dire assolutamente niente, intesi?»

Alice abbassa lo sguardo e annuisce, sembra più serena. Non è possibile comunque che tutti siano così fuori di testa, io e Chris, forse, potremmo diventare amici, ma niente di più… la sola idea mi fa venire le vertigini. Ci manca solo questa, Evy, mi dico.

Questa volta dopo esserci arrampicate su fino alla collina e aver scaricato i passi dal sito dell'accademia scendiamo verso valle, ora che ho il mio palco nuovo di zecca non intendo rimanere lassù esposta al pericolo del padre di Chris.

Rivedere il palco mi fa un effetto strano, è come se toccandolo rivivessi i ricordi della scorsa notte come scosse, ma che mi succede? Alice stende l'asciugamano come suo solito e si sdraia, ma questa volta non può prendere il sole perché è coperto dalle folte chiome degli alberi. Io inizio il riscaldamento, chiudo gli occhi, e aspetto che la brezza mi accarezzi il corpo, ma qualcuno mi distrae.

È Chris.

«Che ci fai qui?!» riesco a chiedere io, tra lo stupito e lo spaventato.

«Io qui ci lavoro, ricordi? La foresta, gli alberi, la legna» mi fa il verso lui, non ci avevo pensato. «Ma puoi restare» riesce a dire, prima che nella mia mente si apra uno scenario assurdo di lui che mi chiede di andarmene e io che faccio di tutto per riavere il mio palco.

«Grazie» sussurro, mentre lui si gira di spalle, a torso nudo, e inizia a tagliare dei tronchi lì vicino con incredibile forza. Alice sbuffa, si alza infastidita.

«Qui non si riesce a prendere il sole, preferisco tornare in piscina» dice, avviandosi verso la montagna. Chris alza le spalle, io la blocco con la voce perché non voglio rimanere sola, le prove senza di lei sono noiosissime, ma la mia amica sembra incorruttibile. «No Evy, ci vediamo dopo.»

Così rimango sul palco a danzare, mentre Chris spacca la legna senza darmi troppa importanza. Il sole si alza alto nel cielo, e inizia a fare parecchio caldo. Dopo aver provato per quasi due ore decido di rivolgermi a Chris che non mi ha ancora degnata di una parola.

«Io faccio una pausa» dico ad alta voce, in modo che mi possa sentire.

«Brava» risponde lui, spaccando un ceppo con un colpo secco, ma dove è finito il Chris di ieri sera?

«Tu non ti fermi mai?» domando.

«No» sospira lui.

«Ma se hai intenzione di stare qui a fissarmi tutto il tempo sono costretto a farlo.»

Apro la bocca per replicare ma lui ride, mi prendeva in giro. Si avvicina alla borsa in cuoio che tiene sotto a un tronco ed estrae un panino.

«Devo pur mangiare» mi dice, lanciandomene uno al volo.

Ci sediamo sotto un larice, addento il panino e assaporo questo strano gusto dolce e vellutato che mi pervade il palato. Lo osservo, cos'è quel colore violaceo?

«Chris, ma cosa ci hai messo nel panino?»

Lui alza le spalle, poi stacca un generoso morso.

«Lamponi, mortadella e pistacchio» mi dice, mentre io strabuzzo gli occhi. Se mi avessero suggerito la ricetta senza farmelo assaggiare mi sarei certamente rifiutata di morsicarne anche solo un pezzettino, ma ora mi sembra delizioso. Certo che la montagna continua a sorprendermi, non so ancora se in positivo o meno.

«Come stanno andando le prove?» mi chiede, senza troppa curiosità.

«Direi bene, anche se non mi sento mai completamente pronta, sono molto severa con me stessa riguardo alla danza» gli rivelo.

«Fai bene, è solo così che si ottengono i risultati» dichiara convinto lui. Finito il panino mi bevo un tè alla pesca da uno dei cartoccini che mi sono portata da Milano e che ho messo stamattina in borsa, Chris mi osserva disgustato.

«Io ti offro lamponi freschi e prodotti di prima qualità e poi tu ti avveleni con il tè alla pesca?»

Io sbuffo e gli do una spinta. «Come sei noioso» gli dico, ridendo. Lui si alza in piedi di scatto e mi allunga la mano. «Vieni, vediamo se dopo avrai ancora il coraggio di dirmi che sono noioso!»

23

Sono in bilico sulla roccia più alta di tutte quelle che si affacciano sul lago e voglio morire. Chris si spoglia davanti a me rimanendo solo con i boxer.

«Non vorrai mica rimanere vestita, guarda che il costume e la biancheria sono la stessa cosa» mi dice. Effettivamente non posso dargli torto, ma le mie mutande sono delle culotte che Leila mi aveva regalato per San Valentino.

«Preferisco tenere i vestiti» rispondo, convinta che tanto alla fine non mi tufferò, cerco di non guardare in basso per paura di urlare. Chris annuisce.

«Vedi di levarti almeno le scarpe, se sbilanciano il peso finisci spiaccicata contro quei massi laggiù.»

Indica davanti a sé delle rocce, appena sotto al precipizio. Ma stiamo scherzando?! Faccio subito due passi indietro traballando. Lui ride ancora.

«Scherzavo!» mi dice, io continuo a tenere la distanza di sicurezza.

«E che ridere!» gli grido, da lontano. Lui ammicca con un sorriso.

«L'hai detto tu che sono noioso!»

Poi mi porge ancora la mano. «Ti fidi di me?» mi chiede, io resto immobile con i pugni chiusi.

«No!» urlo, seriamente preoccupata. Lui annuisce.

«Fai bene» risponde, fissandomi negli occhi, poi mi afferra la mano di scatto e si lancia trascinandomi giù per il precipizio. Io urlo mentre cado nel vuoto e mi sento il cuore in gola, l'aria diventa fitta e io la taglio come un coltello, precipitando sempre più giù. Poi le mie sneaker sfiorano l'acqua, che si apre ad accogliere il mio corpo rigido, e io mi immergo fino a scomparire. Sott'acqua apro gli occhi, vedo Chris che si è tuffato di testa, poi fa una capriola e torna in superficie, io muovo i piedi e lascio che la spinta dell'acqua mi riporti in su, appena la mia testa sbuca fuori respiro, riempiendomi i polmoni. Chris butta indietro i capelli e si scrolla, poi lancia un urlo, simile all'ululato di un lupo. Io non riesco a parlare, sono ancora scioccata, l'unica cosa che riesco a dire è: «Sono viva!».

Lui inclina la testa di lato. «Ah sì, questo è uno dei tanti modi per sentirsi vivi davvero, benvenuta in montagna Evelyn!»

In realtà intendevo un'altra cosa, ma non dico nulla. Usciamo dall'acqua e ci mettiamo sul prato a osservare il lago in silenzio, questo tuffo mi ha schiarito le idee.

«Tu sei cresciuto qui quindi?» gli chiedo, perché voglio capire qualcosa in più di lui. Chris si corica e distende la schiena sull'erba morbida.

«Sì, nato e cresciuto qui, sono stato a Milano, ma ero piccolo, quando ancora c'era mia madre» mi spiega, senza specificare altro. Decido di non chiedergli il perché, mi sembra troppo presto.

«E non hai mai pensato di andartene?» chiedo, curiosa. Lui alza le spalle, e stacca un filo d'erba dal prato mettendoselo in bocca.

«Una volta l'ho pensato, ma non volevo scappare dalla montagna, volevo scappare da mio padre.»

Lo capisco, ancora non riesco a capire come possa stare con quell'uomo, e come tutto in quella famiglia sia precipitato, la nonna mi ha detto che un tempo erano felici. Sospiro.

«Io penso spesso di andarmene da Milano, è una città che ami o che odi, io molto spesso mi sento persa, sai come quando sei in metropolitana circondata da persone ma in realtà ti senti sola...»

Chris si volta e mi guarda.

«Non conosco questa sensazione, ma credo di sapere cosa intendi, io fuggo dalla gente per questo motivo, a volte mi sento più solo in mezzo a persone che non mi capiscono che in cima alla vetta senza nessuno.»

Quanto è vero, ripenso a Johnny e Leila, non riesco più davvero a capirli, parlare con loro, che in passato era per me la cosa più bella del mondo, mi rende molto infelice, per questo ho tagliato tutti i ponti.

«Ma se hai sempre vissuto qui, dove sei andato a scuola?»

Il volto di Chris si incupisce, e ritorna a guardare il cielo, qualche nuvola attraversa lo spazio correndo da una parte all'altra.

«Io non vado al liceo, ho fatto la scuola dell'obbligo ma poi mi sono fermato.»

Strabuzzo gli occhi stupita, Chris non ha studiato?

«Come mai? Non ti piaceva andare a scuola?» chiedo, sorpresa.

«No, non è quello» afferma lui con voce dura. «È che qui in montagna c'è bisogno di uomini, e quando mio padre ha iniziato a bere è diventato lui il bambino» mi dice, e io sono un po' scossa, sono sicura che sia stato bravo a scuola, lo penso perché ha costruito il mio palco con impegno e precisione matematica.

«A che anno dovresti essere?» gli chiedo, incuriosita.

«Al tuo stesso anno» dice lui, senza pensarci un istante, si capisce che è una questione su cui si sofferma spesso. Non riesco a credere che si ricordi quanti anni ho.

«Dovresti recuperare, la scuola non è per i bambini, ti apre un futuro, non puoi pensare di farti imprigionare qui da tuo padre per sempre, potresti lavorare nella natura come biologo» esclamo convinta, forse lo ferisco. Lui si alza in piedi un po' cupo.

«Tu sei stata fortunata Evelyn, magari ora non te ne rendi conto... ma non preoccuparti per me, so badare a me stesso.»

Chris ha ragione, nonostante abbia perso i miei amici io non ho mai dovuto affrontare un padre alcolista, una madre scomparsa, o un lavoro pesante come il suo. Ho una bella casa, dei genitori che mi vogliono bene, eppure trovo ingiusto che lui non possa avere altrettante possibilità, ci deve essere una scelta per tutti, non possiamo essere condannati. Mi alzo anch'io in piedi, questa volta più convinta.

«Tu hai costruito il palco per me, io ti devo un favore.»

Chris si volta stupito, non capisce dove voglio arrivare. «Come sai, io non so fare molte cose, e immagino che ripagarti in lezioni di danza non sia il massimo...»

Lui ora è incuriosito. «No, non ho nulla in contrario ma non sono gay.»

Mi strappa un sorriso.

«Quindi intendo ripagarti dandoti lezioni private, posso insegnarti tutto quello che ho imparato a scuola e che ti manca per provare a recuperare gli anni.»

Silenzio, lui non ci aveva pensato, ma un lampo gli attraversa gli occhi rendendoli di un azzurro intenso, che subito cerca di nascondere.

«Non sono sicuro che sia una buona idea, Evelyn, la mia vita è qui nei boschi...»

Io a questo punto sono più determinata di prima. «Io ti aiuto, poi tu sceglierai cosa fare, se deciderai di non andare a scuola sarà stato comunque un modo per ripagarti del tuo aiuto, vedila così.»

Questa volta sono io ad allungargli la mano, i suoi occhi brillano di nuovo. «Accetto la sfida!» mi dice, prima di tornare al lavoro nel bosco, quel posto selvaggio che è il suo rifugio e allo stesso tempo la sua prigione. Io decido di raggiungere la casa di Alice, voglio raccontarle questa novità e sapere cosa ne pensa prima di rimettermi al lavoro.

24

Quando arrivo a casa di Alice la trovo in piscina, sta facendo un paio di vasche, io mi siedo sulla sdraio e aspetto che si accorga di me.

«Hai un po' di energia da sfogare?» le chiedo sorridendo, noto che il suo volto è arrossato, probabilmente dallo sforzo fatto durante la nuotata. Lei si toglie gli occhialini e mi squadra visibilmente scocciata.

«Qualcosa in contrario?» mi dice. Questa non è l'Alice che conosco, dopo la festa deve essere successo qualcosa, il suo comportamento è visibilmente cambiato.

«Sono stata con Chris prima, mi ha raccontato un po' del suo passato.»

Gli occhi di Alice si oscurano in una luce opaca. «E che ti ha detto?» chiede appoggiando i gomiti sul bordo della vasca.

«Lo sapevi che non è più andato a scuola? Insomma, è assurdo, non è possibile che rinunci a tutto pur di aiutare suo padre, quell'uomo è orribile» affermo, ripensando con orrore al primo incontro con il padre di Chris sulla cima. Alice mi osserva, mi studia.

«Lo so, ma non possiamo farci niente» dice infine, rassegnata. Io lancio la notizia bomba.

«Invece sì, gli ho proposto di dargli lezioni private per recuperare gli anni persi! Devo pur ricambiare dopo che lui ha costruito il mio palco...» affermo. Alice esce dall'acqua e si siede di fianco a me.

«Così adesso passerai più tempo con lui, vero?»

Non capisco il suo gioco, cosa sta cercando di dirmi?

«Ma puoi venire anche tu con noi, non capisco dove sia il problema.»

Alice mi afferra il polso e mi guarda dritta negli occhi. «Evy, il problema è che lui non mi vuole perché mio padre è un costruttore che fa a pezzi la foresta, quindi non potrò stare con voi.»

Si sente esclusa, come ho potuto essere così brusca?

«Alice...» cerco di giustificarmi.

«Non lo vedrai al di fuori delle ripetizioni, vero?»

Annuisco. «No, probabilmente no...»

Mi squadra.

«E va bene, no: starò con te.»

Lei sorride. «Ok, allora va bene» dice infine, poi si alza e va a prendere due coppe di gelato al cioccolato.

«Che ne dici di fare due passi con me e Manuel in città dopo cena? È passato da me quando tu non c'eri e mi ha invitato, ma sai com'è, non ci voglio andare da sola» ammette lei. Eccola, la mia Alice di prima, non l'ho perduta, la mia dolce e timida amica è tornata alla normalità lasciando da parte quel suo lato cupo che non conoscevo.

«Ma certo! Non vorrai mica che ti lasci da sola» le dico, strizzando l'occhio. Anche se penso al povero Manuel che sicuramente vorrebbe stare da solo con lei.

Tornata a casa riporto con estrema fatica lo scatolone in soffitta e poi mi faccio una doccia veloce prima di cena, la nonna sta cucinando uno squisito risotto alle fragole, il solo profumo mi mette l'acquolina in bocca. Mi siedo sul divano e sorge in me un altro ricordo di quando ero bambina, la nonna che cucinava il risotto alle fragole mentre io correvo in giardino con Lucky, che allora era solo un cucciolo. Ricordo che c'era qualcosa sopra a un albero che faceva impazzire il cane, all'inizio pensavamo fosse uno scoiattolo o un nido di qualche uccello selvatico, ma poi, guardando bene, mia madre aveva capito che si trattava di un bambino. Quel volto mi torna in mente oggi, a distanza di anni, quegli occhi li riconosco, sono quelli di Chris.

«La cena è pronta!» La nonna mi chiama mentre serve nel piatto il risotto alle fragole. Io inizio a mangiare in silenzio persa tra i miei mille pensieri, mentre il sole fuori dalla finestra tramonta e il buio inizia a entrare lentamente nella stanza. Ovviamente alla nonna non serve la luce, e io decido che per stasera voglio assaporare il flebile barlume del tramonto ripensando alla mia infanzia.

«Nonna, ti ricordi di me da bambina?» chiedo, rompendo il silenzio. La nonna appoggia le mani sul tavolo e mi fa un sorriso.

«Perfettamente cara, l'unico mio rimpianto è di non poter vedere come sei diventata. Ma posso sentire la tua voce, accarezzare il tuo viso, e sono sicura di riuscire a immaginare i lineamenti dolci del tuo volto.»

Quasi mi commuovo.

«Comunque, perché mi hai fatto questa domanda? Cosa volevi sapere?» mi chiede, mentre io osservo il sole morire fuori dalla finestra.

«Volevo solo sapere se hai ricordi felici di quel periodo, quando venivamo a trovarti qui, io ho dimenticato tutto ma ogni tanto... ogni tanto mi tornano dei flash.»

La nonna sorride, ma questa volta con malinconia.

«Sì cara, ho moltissimi ricordi belli, e più diventerai grande più il libro della tua vita diventerà ricco di immagini che ti accompagneranno per sempre...»

«Ma perché a volte ce le dimentichiamo? E poi tornano in mente, così, senza motivo?» chiedo.

«Be', la mia risposta è che in realtà non le dimentichiamo, i ricordi vivono dentro di noi, e anche se ora pensi di averne persi molti, in realtà ci sono, nascosti da qualche parte, pronti a venir fuori come amici fedeli nel momento del bisogno.»

Forse la nonna ha ragione, nulla si dimentica davvero. Mi alzo e immergo il mio piatto e il bicchiere nel lavandino, la nonna non ha la lavastoviglie.

25

Il giorno seguente mi alzo con un sorriso stampato sulla faccia, oggi devo aiutare Chris con le ripetizioni e sono davvero curiosa di sapere come andrà. Mi alzo veloce e faccio subito una bella doccia bollente, poi scelgo la gonna di jeans e una magliettina turchese, a cui abbino un ombretto leggero, non voglio esagerare con il trucco ma mi sembra il caso di darmi una piccola sistemata. Ok. Afferro la spazzola e domo il fiume di capelli che mi ritrovo, stranamente oggi mi sento meno trasandata del solito, ma quando decido stupidamente di mettere anche un filo di eyeliner mi tocca rifare tutto il trucco da capo, perché guarda caso la riga mi viene storta.

Quando scendo a fare colazione mi sento soddisfatta ma in ritardo, così addento velocemente una fetta di torta mentre mi infilo le scarpe. Lucky mi si avvicina affamato.

«Ti posso dare solo la crosta, se proprio vuoi!»

Lui scodinzola, io gli lancio al volo un piccolo pezzo prima di uscire di corsa, per evitare che lui mi chieda altro cibo.

«Ciao, nonna!» urlo mentre sono già per strada. Prima di risalire la montagna per il bosco faccio un piccolo salto, oggi sono davvero contenta.

Il sole è già alto nel cielo, perché ovviamente sono in ritardo. Guardo la strada che ormai conosco bene, una famiglia di scoiattoli attraversa la strada, sto iniziando ad amare questo posto che prima mi sembrava tanto ostile. Distendo le braccia al cielo e lascio che l'aria fresca mi accarezzi, mi sento rigenerata.

Arrivata in prossimità del palco decido di nascondermi dietro a un pino per controllare se Chris sia già arrivato. Mi appoggio alla corteccia ruvida e poi sposto leggermente la testa di lato, lo vedo. Chris indossa dei jeans chiari e una maglietta porpora che gli sta davvero bene, si guarda in giro un po' spaesato, quanto è carino.

Io salto fuori dal mio nascondiglio.

«Eccomi!» urlo, cogliendolo di sorpresa. Lui sbatte le palpebre e fa un passo indietro, l'ho spaventato per bene!

«Che preso male che sei!» gli dico, mentre mi avvicino al centro del bosco.

«No... Evy... stai ferma... dietro di te... c'è...»

Mi blocco. Cosa c'è dietro di me?

«Cosa c'è?!» urlo correndogli incontro. Lui mi fissa intensamente e poi scoppia a ridere.

«C'è che sono più bravo io a farti spaventare!»

Gli tiro un pugno sul petto, lui non si sposta di un centimetro, sta ancora ridendo, maledetto. Butto lo zaino nell'erba e mi arrampico sul palco.

«Adesso vedi come ti metto sotto con i compiti, forza!»

Lui mi fa un inchino. «Agli ordini!»

E poi in un attimo, issandosi sulle braccia, è accanto a me. Io mi ricompongo sedendomi a gambe incrociate e tenendo un minimo di distanza di sicurezza, la sua presenza mi fa un effetto strano.

«Allora, pensavo che potremmo iniziare da una delle materie che preferisci...» Tiro fuori dallo zaino quaderni, astuccio, e libri. Chris mi si avvicina curioso. «Biologia» dico.

Ma perché il suo profumo è così buono? Non riesco a concentrarmi in questo modo, mi allontano ancora di qualche centimetro mentre gli piazzo il libro davanti.

«Prova a leggere questo capitolo, si tratta della formazione dell'universo, così vedo a che punto sei.»

Lui annuisce, ci tiene davvero. Lo osservo mentre cerca di comprendere il testo, quando si concentra si morde inavvertitamente il labbro tenendo in tensione la mandibola e la sua espressione si fa seria. Mi ritrovo a pensare che sia davvero bello, ma subito mi do uno schiaffo immaginario. Evy, sei qui per aiutarlo o per spiarlo? Ma insomma! mi dico. Concentrati, concentrati o altrimenti rischi di fare figuracce…

«Concentrati!» ripeto a me stessa inavvertitamente ad alta voce.

«Guarda che mi sto impegnando» risponde Chris alzando la testa, e mi scruta con i suoi occhi color tempesta. Ma che sto facendo? Basta Evy, concentrati.

«Bene, ora prova a completare questa reazione di chimica» gli chiedo, allungando la mano verso il quaderno. Chris la completa in fretta, poi me lo passa con fare deciso, appena sento il contatto con la sua mano ho un brivido. Do un'occhiata al risultato che ha scritto, corretto.

«Bene, ora passiamo a logica, potrebbe essere che ti mettano qualche quesito nel test…»

«Come ad esempio?» mi domanda lui, togliendosi la maglietta.

«Be', ad esempio come è possibile che a e b…. Chris ma cosa stai facendo?» gli dico, distogliendo lo sguardo. Lui mi guarda stranito.

«Bagno la maglietta un attimo nel lago e me la rimetto, fa troppo caldo.»

Non può stare a torso nudo davanti a me.

«No, ora stiamo studiando, è importante che tu rimanga vestito» gli ordino, severa. Lui mi sorride.

«Ok, capo!»

«Va bene, Tarzan» gli rispondo io stando al gioco, l'ho scampata per un pelo.

«Bene, stavo dicendo, se a e b sono due linee parallele, in quale punto c si possono incontrare?»

Chris inclina la testa di lato. «Be', è ovviamente impossibile, sono parallele, in nessun punto.»

Annuisco convinta.

«Ora però facciamo qualcosa di più complicato» mi prende in giro lui.

«Allora fammi tu un esempio di logica impossibile, visto che sai già tutto» lo prendo in giro io. Lui mi sorride.

«Non me ne viene in mente nessuno, Evy, per me con l'impegno e il duro lavoro tutto è possibile.»

Io alzo le sopracciglia, mi sta sfidando?

«Anche essere in due posti diversi contemporaneamente nello stesso tempo?» chiedo. Lui mi si avvicina.

«Credo che una soluzione possa esistere anche per questo» mi dice in un sorriso, noto la sua deliziosa fossetta sulla guancia sinistra, poi scoppio a ridere.

«Ok Chris, quando avrai trovato il modo per risolvere questo mio enigma giuro che...»

Lui mi interrompe. «È una scommessa?»

Gli occhi gli si illuminano. Io scuoto la testa, quanto ama le sfide questo ragazzo.

L'ora successiva passiamo a italiano, devo dire che anche qui Chris se la cava, per ora la materia in cui va peggio è matematica, è molto intelligente, ma quando sbaglia un esercizio si innervosisce, non accetta di perdere.

«Domani ti porto altri esercizi di matematica, è la materia su cui dobbiamo lavorare di più, soprattutto logica!»

Lui fa una smorfia, si alza in piedi e mi porge la mano. «Grazie, Evy» mi dice, infine. Io annuisco, sono felice di aiutarlo.

Prima di tornare verso la valle facciamo una passeggiata in riva al lago, io osservo l'acqua immobile davanti a noi, e penso che in questo momento il mio cuore si trovi esattamente nella situazione opposta. Chris lancia un sasso facendolo rimbalzare tre volte, l'acqua si smuove aprendosi in grandi cerchi.

«C'è una leggenda qui al lago che racconta che dopo tre salti puoi esprimere un desiderio.»

Alza lo sguardo sul mio viso.

«Se il desiderio è davvero quello giusto si avvererà, altrimenti significa che era solo un capriccio.»

Io annuisco.

«E tu ora quale hai espresso?»

Chris sorride.

«Il mio desiderio è legato a quel sasso che è sprofondato nel lago, se vuoi scoprirlo devi tuffarti e riprenderlo!»

Io afferro un sasso e lo lancio in diagonale, tre salti. Chris mi guarda stupito.

«Mi ha insegnato mio papà da bambina, i laghi esistono anche vicino a Milano» spiego io. Chris si morde il labbro.

«Tu mi stupisci sempre di più, ragazza venuta dalla città» dice lui, in tono scherzoso.

«Comunque la leggenda non era vera» ammette, prima di scomparire nel bosco. «Era solo un modo per farti tuffare.»

Io rimango in piedi davanti al lago da sola, ora è tornato immobile come pietra. La leggenda non esiste, ma io sono sicura che i nostri sassi, in fondo all'acqua scura, si stiamo sussurrando qualcosa.

26

«Esco con Alice stasera» dico, prima di salire a cambiarmi.

«Stasera alla radio hanno previsto un bel temporale, attenta a non finire sotto una doccia!»

Io guardo il cielo pensierosa, non sembra poi così cupo. In camera apro l'armadio e indosso dei jeans con una maglietta di pizzo nera e degli stivali estivi, un po' di fondotinta, mascara, rifinisco le sopracciglia e aggiungo un filo di lucidalabbra. Sono pronta. Esco di casa in un attimo e mi avvio verso il centro del paese, dove ho appuntamento con Alice, ma sono in anticipo. Essendo abituata a essere sempre in un perfetto ritardo non so cosa fare. Mi appoggio contro il muro di una casa e tiro fuori il cellulare come faccio di solito, ma non c'è campo, ovviamente. Ma cosa cavolo fa la gente che arriva in anticipo? Forse fuma?

Incapace di stare impalata ad aspettare quindici minuti decido di fare una passeggiata, mi dirigo verso l'albero di ciliegie, ho voglia di mangiarne qualcuna. Arrivata lì stacco un grappolo e inizio a sgranocchiarlo, ma una goccia d'acqua mi cade dritta sul naso. Guardo il cielo, il tempo è completamente cambiato rispetto a poche ore prima, neanche fossimo in Inghilterra. Lascio cadere le ciliegie e corro verso il bosco perché è la strada più riparata per arrivare in città. Corro più veloce che posso, cercando di saltare le pozzanghere che si stanno formando, ma la pioggia diventa più fitta, così sono costretta a nascondermi dietro al masso che Alice mi aveva mostrato settimane prima, pregando che l'acquazzone non divenga un temporale, ed è proprio mentre mi accuccio sulla roccia gelida che lo vedo.

Il padre di Chris avanza nella mia direzione stringendo una bottiglia di vetro.

«Hai sprecato tutta quella legna per un maledetto palco!» urla, mentre io mi rannicchio chiudendo istintivamente gli occhi, scioccata.

«E ora dove vuoi andare vigliacco?! Distruggerò quel palco e venderemo la legna!»

Solo allora capisco che c'è qualcun altro nel bosco con cui sta parlando, e quel qualcuno è Chris.

«Io non te lo permetterò, sei solo ubriaco, quella legna è mia, il lavoro l'ho fatto io, è un mio diritto.»

Chris è ritto davanti a lui come un animale feroce, poi con un balzo cerca di afferrare la bottiglia, ma il padre si divincola gettandolo nel fango, lui cade battendo le ginocchia.

«Nulla è tuo qui, tu non esisti.»

Chris si rialza in piedi, trema dalla rabbia, ha la maglietta squarciata da un graffio profondo.

«Forse avrei preferito non esistere!»

Il padre lancia la bottiglia cercando di colpirlo, ma Chris si abbassa schivandola per un soffio, la bottiglia scompare inghiottita dalle fauci della foresta.

«Forse se non fossi esistito tua madre non se ne sarebbe mai andata!»

Il cielo si squarcia in un tuono illuminando il volto livido di Chris, è una maschera di odio. Indietreggia, di un passo, e aspetta che un nuovo lampo tagli in due il cielo, poi si lancia contro suo padre buttandolo per terra, l'impatto è terribile.

«Se parli ancora di lei io ti ammazzo!»

Il padre si divincola come una bestia in trappola, Chris cerca di bloccargli il braccio con la forza, poi Rob allunga la mano tra gli arbusti bagnati e recupera la sua arma, alza la bottiglia contro Chris, io urlo disperata ma la mia voce è coperta della tempesta, Chris è più svelto e con un ultimo gesto disperato gliela strappa di mano, colpendo suo padre sulla testa. Un rivolo di sangue tinge l'erba del bosco. Io mi butto a terra nel fango, a pochi passi da lui, esterrefatta da quella scena orrenda. Chris si volta nella pioggia e mi vede, dalla sua maglietta squarciata la ferita sanguina, io gli corro incontro, stringendolo forte.

Ora siamo insieme sotto la pioggia, le lacrime mi rigano il viso ma lui non può vederlo, lo stringo ancora più forte.

«Va tutto bene...» sussurra lui, accarezzandomi la testa. «Va tutto bene... è già successo altre volte» ripete mentre io soffoco i singhiozzi nella sua spalla.

«Non va tutto bene! Lui... lui stava per ucciderti!»

Chris mi prende il viso tra le mani. «No, non l'avrebbe fatto.»

Io lo stringo con tutta la forza che possiedo, il suo profumo si mischia con il mio nella pioggia.

«Evelyn, devi farmi un favore» mi dice serio stringendo il mio volto tra le mani, Io annuisco, e tremo. «Devi tornare a casa» mi dice, serio.

Io strizzo gli occhi. «Ma non posso lasciarti qui! Dobbiamo chiamare la polizia, o qualcuno... dobbiamo chiamare qualcuno!» urlo. Ma lui mi accarezza il volto fissandomi negli occhi.

«Evelyn, non c'è nessuno da chiamare, siamo soli. Adesso tu devi correre a casa, io rimango con lui finché non si riprende, è già successo, so come fare.»

Non riesco a parlare, mi fanno male la gola e le ossa, ma come può essere già successo? È orribile!

«Evelyn…» mi sussurra ancora lui, mentre un lampo squarcia il cielo. «Evelyn… ti fidi di me?» mi chiede, per la seconda volta.

«Sì» annuisco, questa volta mi fido.

«Allora va' a casa, fa' come ti ho detto.»

Lui lascia il mio viso che ritorna a essere bersaglio della pioggia, mi volto verso l'uscita del bosco, poi mi fermo per guardarmi indietro. Lui si è piegato per caricare in spalla suo padre.

«Va' a casa!» mi urla ancora, la sua voce si confonde con il vento, e io ubbidisco lasciandolo solo con i suoi demoni, incapace di farlo svanire dalla mia testa, ma incapace allo stesso tempo di restare.

27

Rientrata a casa trovo Manuel e Alice che mi aspettano, vedendomi coperta di melma si alzano entrambi in piedi.

«Ma cosa ti è successo, Evy?» chiede Alice seriamente spaventata. Io non voglio dare spiegazioni, mi avvicino a lei e la abbraccio forte, ho solo voglia di una tazza di latte caldo. Ci sediamo tutti e tre vicino al camino, ma nessuno dice una parola.

«Che ne dite di giocare a carte?» propone Manuel.

«Forse è meglio di no, Manuel» dice Alice vedendomi a pezzi.

«Forse è meglio che torniamo a casa e lasciamo riposare Evy...» propone ancora lei. Manuel mi lancia un sorriso imbarazzato, è evidente che nessuno dei due ha capito cosa mi sia successo ma nonostante tutto cercano di non essere di troppo.

«Se vuoi parlare mi fermo» mi sussurra Alice all'orecchio.

«No, grazie Ali, ho bisogno di stare sola» le dico. Alice annuisce.

«Ok, domani mi racconti.»

Mi lasciano sola e se ne vanno a casa, ha smesso di piovere. Il caldo del camino mi avvolge ancora, eppure io non riesco a smettere di tremare, non posso togliermi dalla mente l'immagine di Chris e suo padre sotto la pioggia, ma come è possibile vivere così, senza amore?

Vado verso la mia stanza per farmi una doccia, ho il fango anche dietro alle orecchie, ma il mio cellulare suona, è Leila. Non so perché ma questa volta rispondo.

«Dimmi» dico.

«Evelyn, Dio mio, ma dove sei finita?»

Sospiro, cosa posso dirle?

«Da nessuna parte, sai che qui la connessione non prende...» mi giustifico.

«Sì, ma le chiamate le ricevi.»

La testa inizia a pulsare, noto un taglio sulla coscia.

«Ho avuto le prove.»

Ti prego Leila, devi capire...

«Avevo bisogno del tuo aiuto e ho bisogno del tuo aiuto ora, ma tu mi hai lasciata sola.»

Non posso reggere questa situazione, io ho bisogno di aiuto, non lei.

«Leila, io non posso aiutarti, hai fatto un casino con Johnny e lo devi risolvere.»

Silenzio, so che questa frase l'ha ferita.

«Evelyn, io non ti riconosco più, ma che ti è successo in montagna? Sono la tua migliore amica!»

Mia amica? Eppure ora mi sento incredibilmente sola.

«Sì be', ma le amiche non si comportano mica così, hai distrutto il nostro trio, ora non sarà mai più come prima!»

Dall'altra parte del telefono Leila esita.

«Evelyn, mi stai facendo male, male sul serio, e non so se te lo posso perdonare, questo.»

No, forse nessuna delle due può perdonare l'altra.

«Be', nemmeno io so se te lo posso perdonare, Leila, quindi chiudiamola qui che è meglio.»

Lei mi sbatte il telefono in faccia. Devo resistere, mi dico, devo essere forte da sola.

28

Quando mi sveglio mi sembra di aver fatto un brutto incubo, ma poi realizzo che è tutto vero. Chris sotto la pioggia, suo padre disteso nel fango, Leila che mi odia. Mi obbligo ad alzarmi da questo letto. Lo faccio con estrema fatica, il mio corpo è pesante e ammaccato, mi trascino nella doccia. Quando apro l'acqua mi sembra che lavi via anche un po' del dolore. Ma appena esco dalla doccia e mi avvolgo con l'asciugamano la tristezza ritorna e mi butto sul letto, non ce la posso fare a scendere in cucina.

«Evelyn! Colazione!»

Se non ci fosse la nonna sono certa che starei qui sdraiata fino a domani mattina. Mi sollevo nuovamente buttandomi addosso i primi vestiti che trovo, voglio solo mangiare velocemente, allenarmi duramente, e poi voglio vedere Chris, devo vedere Chris.

Dopo una colazione veloce e silenziosa risalgo il

pendio fino alla casa di Alice, oggi non è venuta a chiamarmi per le prove, attraverso la grande piscina deserta e busso alla porta in legno, chissà se l'ha costruita Chris, penso. Adamo mi apre con un sorriso, invitandomi a entrare. Oggi non lavora?

«Alice è in camera sua, nel salone ci sono alcuni colleghi con cui sto facendo una riunione» mi avvisa. Salgo le scale fino alla camera della mia amica, la trovo intenta a spazzolarsi i lunghi capelli biondi, ma appena mi vede salta in piedi.

«Evy!» mi dice, felice.

«Non sono venuta da te perché credevo avessi bisogno di spazio, vuoi provare anche oggi?» mi chiede. Io annuisco decisa.

«Oggi più che mai» rispondo.

Scaricato il video in vetta, la casa di Chris sembra deserta, le persiane sono tutte chiuse, ci dirigiamo verso il centro del bosco, dove c'è il mio palco.

«Tutto bene, Evy?» mi chiede Alice, un po' preoccupata.

«Sì, Ali, andiamo.»

Il pendio è ancora scivoloso a causa dell'ingente pioggia di ieri, dobbiamo stare attente a non prendere una storta. Alice coglie una stella alpina e se la mette tra i capelli; se la vedesse Chris la ucciderebbe, questi fiori sono una specie protetta.

Quando arriviamo al palco apro il video dell'accademia, oggi c'è un passo nuovo molto complesso, accidenti. Mi arrampico e faccio un po' di riscaldamento, cerco di rilassarmi con il cinguettio degli usignoli del bosco. Alice oggi si è coricata e sta ascoltando della musica sull'iPhone, ha rinunciato a prendere il sole. Chiudo gli occhi, e lascio che i suoni della foresta calmino la mia mente agitata, ma appena le mie palpebre si chiudono compare, violento come una scossa, il ricordo di Chris che mi afferra la mano e si tuffa con me nel lago. Apro gli occhi, spaventata. Respiro, e ci riprovo, chiudo nuovamente gli occhi. Un'altra scossa, io e Chris, siamo sotto la pioggia, lui mi stringe il volto tra le mani e mi chiede di lasciarlo solo, e io lo faccio, lo abbandono.

«Alice, devo trovare Chris.»

Alice si stacca le cuffiette dalle orecchie irrigidendosi, ma non replica nulla. Camminiamo silenziosamente nel bosco.

«Io non posso venire» mi avverte, tirandosi indietro davanti al fiume.

«Non preoccuparti, da qui so proseguire.»

Abbraccio la mia amica e mi metto alla ricerca di grandi massi per attraversare il fiume, ne trovo alcuni ma sono troppo pesanti, davvero non so come spostarli. Decido di farli rotolare uno alla volta, piano piano. Ci metto più tempo del previsto ma dopo mezz'ora riesco a crearmi la strada, mi fermo a riprendere fiato. Ora devo solo saltare, chiudo gli occhi e ripenso all'ultima volta che mi sono lanciata, pensavo alla danza, ora penso a qualcos'altro, penso che devo salvare Chris. Faccio un bel respiro e inizio a correre, tre salti. Ce l'ho fatta.

Dall'altra parte del fiume inizio a vagare a vuoto per la foresta, mentre cammino lascio cadere piccole foglie appallottolate per ricordarmi la strada. Giro così per un po', senza risultati, rischio di non trovarlo, sono davvero disperata.

Poi mi ricordo di una cosa, gli alberi. Decido di provare ad arrampicarmi per vedere la foresta dall'alto, in questo modo forse potrò orientarmi meglio. Non è difficile arrampicarsi in cima e lo spettacolo che mi si para davanti è davvero incredibile, centinaia di chiome di alberi quasi come fossero colline, ma da questa bellezza capisco anche che mi sono persa. Cerco di scendere dall'albero ma non ci riesco, ho paura di scivolare ed è molto più difficile della salita. Rimango in cima al tronco cercando di capire cosa fare, sono finita.

Passa almeno mezz'ora durante la quale io sono immobilizzata sperando che qualcuno mi trovi, ma non accade nulla, mi accoccolo sul tronco e chiudo gli occhi, una lacrima mi riga il viso mentre accarezzo la corteccia ruvida dell'albero.

«Che diavolo ci fai lassù, Evelyn?»

Non ci credo. È lui. Tiene la chitarra legata alla schiena. Mi strofino gli occhi convinta che si tratti di un sogno.

«Come mi hai trovata?!» urlo dalla cima stupita ed euforica.

«Ho incontrato Alice che mi ha detto che hai attraversato il fiume per cercarmi, poi ho trovato i tuoi segni per non dimenticare la strada.»

Chris mi mostra le foglie appallottolate. Sono incredula.

«Come hai fatto a notare delle foglie appallottolate?»

Chris fa una smorfia. «Te l'ho detto, la foresta è la mia casa.»

Chris poggia la chitarra accanto all'albero, poi si arrampica agilmente e mi raggiunge. Sono così contenta di vederlo, è vivo e anch'io non morirò qui da sola.

«Perché sei venuta a cercarmi?» mi chiede.

«Perché volevo sapere come stavi» rispondo io, sincera, lui inclina la testa.

«E perché volevi sapere come stavo?»

Ma che domanda è?

«Perché ci tengo a te» riesco a dire prima di deglutire, lui sorride mostrandomi quella sua fossetta. Sulla guancia sinistra.

«E tu perché sei venuto a cercarmi?» chiedo io questa volta.

«Perché… voglio mostrarti una cosa…»

Lui scende per primo e mi insegna come fare pressione sulle braccia e appoggiare i piedi nei solchi più stabili, non è così facile come salire ma riesco a scendere senza farmi male, l'ultimo tratto però scivolo e urto la gamba contro la corteccia, il graffio di ieri torna a sanguinare. Chris prende delle foglie di menta fresca in un cespuglio e mi medica la ferita. «Con queste starai meglio.»

Attraversiamo insieme un bosco di conifere mantenendoci sempre alla stessa altezza, Chris ogni tanto si sofferma per parlarmi degli alberi, quasi li chiama per nome, si orienta con i profumi delle loro foglie. Davvero non ho idea di dove mi stia portando, ma l'aria è tiepida e io con lui sto bene.

«Merenda?» mi chiede a un tratto.

«Hai portato un altro dei tuoi panini strani?» chiedo, ma lui mi fa segno di no con la testa, poi si arrampica sul pendio fino a un cespuglio di more, ne coglie una attentamente e me la offre, già: dimenticavo che sono insieme a Tarzan. Il piccolo frutto sferico ha colori violacei e se lo strofini diventa simile al fucsia, me lo metto sulla punta della lingua e lascio che esploda liberando un dolcissimo succo dolce, ok ne voglio mangiare almeno cinquanta. Chris si è seduto a gambe incrociate e gusta alcuni mirtilli, mi osserva.

«Che c'è?»

Lui ammicca con un sorriso. «Ti sono diventate le labbra rosse per il succo di mirtillo... sei... stai... meglio del solito!»

Ok, questo deve essere un complimento, mi passo un dito sulle labbra e si macchia di fucsia.

«In passato le donne in montagna usavano trucchi naturali come questi» mi dice lui, io lo prendo in giro.

«E che ne sai tu? Mica ti trucchi!»

Lui diventa cupo di colpo.

«Lo faceva mia mamma, usava i mirtilli per le labbra e strofinava i petali di rose sulle guance.»

Mi mordo il labbro, stupida me. Riprendiamo a camminare nel bosco quando una volpe ci taglia la strada prima di sparire in un cespuglio, Chris inizia a fischiare emettendo un verso strano e acuto, la volpe torna indietro e si avvicina a lui che le tende la mano, ma come fa a non avere paura di lui?

«Lei vive qui da queste parti, ogni tanto mi viene a salutare.»

La volpe affonda il musino nella mano di Chris che la accoglie.

«Come si chiama?» chiedo, ma Chris fa una smorfia.

«Non è mia, non ha un nome, la gente dà un nome alle cose che vuole addomesticare.»

Ripenso a Lucky nel cortile della nonna, forse Chris ha ragione. Camminiamo ancora un po' nel bosco finché questo non si infittisce, ci troviamo davanti a un grosso pino, è forse il più grande che abbia mai visto.

«Bene, ora devi chiudere gli occhi» mi dice lui, e io mi irrigidisco.

«Perché?» chiedo, sospettosa. Lui si morde il labbro e mi fissa dritta negli occhi.

«Perché è una sorpresa» mi dice, facendomi arrossire per l'emozione.

Io chiudo gli occhi, mi fido. Chris mi prende per mano e insieme camminiamo ancora per qualche istante fino a che lui non si ferma, lo sento avvicinare il viso alla mia spalla e poggiare le sue mani forti sulle mie palpebre, sento il suo profumo, resina e corteccia, un odore dolce ma forte.

«Al tre puoi aprire gli occhi…» mi sussurra all'orecchio, io annuisco ma sono un po' spaventata, non ho idee né di dove siamo né del perché mi abbia portata fin qui.

«Uno…»

Stringo i pugni, ma la sua voce calma mi invita a rilassare le tensioni.

«… due…»

Ora brucio di curiosità, e il mio respiro è profondo.

«... e... tre!»

Chris fa scivolare le mani dai miei occhi, la prima cosa che avverto è la sensazione dell'aria fresca che torna ad accarezzarmi il viso, ora è il momento, lentamente sollevo le palpebre insieme a un sospiro.

29

I miei occhi fotografano qualcosa che non posso capire, è la bellezza che si mischia a un sogno.

Spalanco la bocca e sto per lasciarmi ricadere indietro ma lui mi sorregge, forte. Chiudo gli occhi di nuovo, solo per un attimo, mi assicuro che quello che mi circonda non sia frutto della mia fervida immaginazione. Chris appoggia la chitarra sul prato.

«Questo è il mio posto segreto, nessuno qui ancora lo conosce, mia mamma mi ci portava quando ero bambino.»

Allungo una mano verso la cascata che rispecchia i colori del sole e lascio che alcune farfalle arancioni e viola si poggino sulla mia mano. Le sponde sono circondate da una valle di viole bianche, erica, trifogli, margherite e fiorellini azzurri di cui non conosco il nome.

«Chris… è… meraviglioso» dico commossa.

«Qui puoi registrare il tuo video-provino!»

Io sento un brivido risalire il mio corpo, mai nessuno mi aveva fatto una sorpresa del genere. Lui mi stringe le spalle, e insieme, lentamente, ci abbassiamo verso il tappeto di fiori sedendoci sul suolo morbido e profumato. Io accarezzo uno dei fiorellini azzurri, lui ne coglie uno, è minuscolo e delicato e me lo porge tenendolo per il lungo stelo. «Per te, si chiama… *Myosotis*.»

Io faccio roteare il piccolo fiore tra le dita, non so cosa dire.

«La montagna per me è come il mio corpo, ogni sua parte ha un particolare significato, c'è la vetta dove vivo e mi ritiro a pensare che è la testa; il bosco, dove lavoro, sono i polmoni… un luogo dove mi sento libero; il lago, con le sue rocce, dove mi arrampico per tuffarmi, sono gli occhi, mi permette di stare in alto e controllare il mondo…»

«E qui?» chiedo.

«Questo? Questo è il mio cuore.»

Io mi volto lentamente verso di lui, le sue spalle forti mi riparano dal mondo e davanti a noi si svolge uno spettacolo magico. Lui guarda dritto davanti a sé, i suoi occhi glaciali si perdono nei colori cristallo della cascata.

«Chris…» sussurro, lui sposta gli occhi sul mio volto e un brivido mi attraversa la schiena. Non c'è bisogno che io dica nulla, sposto la testa e la avvicino al suo viso, sentendo il suo respiro, le nostre labbra si avvicinano e stanno quasi per sfiorarsi... quando un rumore nel bosco dietro di noi ci sorprende.

In un secondo è già in piedi, pronto ad affrontare la situazione.

«No, resta con me» lo fermo, ma ormai il momento è stato rubato. Rimaniamo ancora un po' davanti alla cascata a respirare il silenzio.

«Be', ho portato la chitarra... che ne diresti di registrare il video?» mi chiede, spezzando il silenzio. Io annuisco, non sto nella pelle. Estraggo il cellulare dalla tasca e lo poggio sul ramo di un albero. Lui accorda la chitarra e tiene il plettro stretto tra le sue labbra morbide.

«Questa volta fare video con il cellulare è permesso?» dico io, prendendolo in giro. Lui sfila il plettro dalle labbra come fosse una sigaretta e fa una piccola smorfia.

«Certo, ma solo per questa volta, my lady!»

Sono pronta. Chris inizia a suonare, ed è tutto come la notte della festa. Dopo aver registrato il video ci incamminiamo verso la città, l'unico rimpianto che ho è quello di non averlo baciato, ma ci sarà tempo anche per questo. Chris mi ha prestato la sua felpa grigia, per proteggermi dall'arietta fresca della sera, chiacchierando piacevolmente arriviamo fino al confine tra il bosco e la valle.

«Bene, siamo arrivati all'entrata del tuo mondo» dice lui, indicandomi il paese.

«Guarda che mi sta piacendo davvero moltissimo il bosco, rischio di preferirlo alla città» ammetto io con un sorriso, da quando sono in montagna vedo il mondo con occhi diversi e davvero Milano non mi manca più di tanto. Lui sembra soddisfatto.

«Sei forte, Evy» mi dice, appoggiandosi al tronco di un albero, io osservo i suoi bicipiti e arrossisco, non avrei mai pensato che il mio primo bacio potesse essere con un ragazzo così bello.

«Anche tu sei forte, Chris» dico io, un po' timida. I suoi occhi si illuminano. C'è un momento di silenzio molto imbarazzante durante il quale io abbasso la testa perché non so come comportarmi, insomma: vorrei baciarlo ma sembra un po' strano farlo qui, davanti alla casa della nonna, appena prima di rientrare. Lui capisce, e mima un inchino.

«Bene, ora vado a fare una nuotata nel lago da solo, ci vediamo la prossima volta che decidi di arrampicarti su un albero e ti devo salvare.»

Io rido. «Ma ormai mi hai spiegato come fare per scendere!»

Lui si finge dispiaciuto. «Sarà per qualcos'altro allora, so che sei brava a metterti in pericolo!»

Che scemo. Io faccio roteare davanti al mio naso il fiore azzurro che mi ha regalato poco prima, poi mi giro verso il paese.

«Quindi ti prego, mettiti in pericolo!» mi urla da lontano, prima di sparire tra gli alberi.

Arrivo a casa della nonna con le farfalle nello stomaco, mi butto sul divano e rido da sola, cosa mi sta succedendo, cosa mi sta succedendo, cosa mi sta succedendo? Lui è... lui è diverso da qualsiasi ragazzo abbia mai conosciuto, è silenzioso, gentile, forte, determinato e... sì, anche un po' arrogante a volte e anche un po' troppo misterioso, ma... oddio, sono nel panico!

La nonna apre la porta del salone e mi sente ridere da sola.

«Evy, tutto bene?» mi dice, tra lo stupito e il divertito.

«Sì nonna, scusa stavo... stavo...» Non so sinceramente cosa dire. «Stavo annusando questo fiore!» dico, accarezzando il *Myosotis* che mi ha regalato Chris. Ops! Ma che cavolate sto dicendo? Perché una persona dovrebbe ridere mentre annusa un fiore? Sono matta! La nonna si avvicina.

«È il momento della stupidera?» mi chiede con un sorriso.

«Scusa nonna, oggi sono particolarmente felice!»

La nonna si siede accanto a me. «Niente scuse, mica è un peccato essere felici! Posso sapere di che fiore si tratta?»

Glielo passo senza dire nulla, la nonna lo annusa. «Ah, ma certo... è un *Non ti scordar di me*!» dice.

«Cosa? No, ha un altro nome, è un...»

Prima che aggiunga altro la nonna mi interrompe. «Si chiama anche *Myosotis*, ma qui tutti usiamo il nome *Non ti scordar di me*.»

Mi lascio scivolare sul divano, colpita.

«La leggenda racconta che una ragazza e un ragazzo, passeggiando lungo un fiume, rimasero affascinati dalla grande quantità di fiori blu, che venivano trasportati dalla corrente. Il giovane, innamorato di lei, nel tentativo di raccogliere alcuni di questi fiori per l'amata, venne inghiottito dalle acque gridando "Non dimenticarmi mai!".»

Che storia incredibile...

«Si narra anche che la ragazza da quel giorno iniziò a cogliere i fiori e a intrecciarli nei vestiti, fino a che, anni dopo, un uomo cieco tornò nel paese, era il ragazzo, aveva perso la vista dopo l'incidente nel fiume che lo aveva portato lontano e aveva smarrito la strada di casa. Lei lo riconobbe subito, ma non riuscì a parlare per l'emozione, lui ovviamente non poteva riconoscerla, avendo perso la vista. Prima che l'uomo se ne andasse dal paese per sempre lei gli porse la mano, cinta dai piccoli fiori, fu così che lui la riconobbe, dal profumo…»

Non è da me commuovermi, ma il fatto che Chris conoscesse questa leggenda e abbia pensato di regalarmi proprio questo fiore senza dirmi niente è la cosa più incredibile che un ragazzo abbia mai fatto per me, donare qualcosa senza vantarsi o pretendere altro in cambio, semplicemente donare.

Dopo cena torno nella mia stanza, sono quasi decisa a chiamare Leila, ora la ferita di Johnny non brucia più così tanto, ma ancora non riesco, l'idea di aver perso i miei amici mi fa troppo male. Mi corico nel letto e chiudo gli occhi, questa notte stranamente mi addormento subito, ripenso a una delle strane lettere della nonna trovate in soffitta:

E se vale la pena rischiare, io mi gioco anche l'ultimo frammento di cuore.

30

Mi alzo con le prime luci del sole, sono davvero contenta, dopo il litigio con Leila e Johnny è il primo giorno in cui mi sento davvero bene. Apro l'armadio e scelgo una gonna di jeans e una magliettina rossa che adoro, oggi decido di dedicare qualche minuto in più al trucco, mi sento davvero alla grande. Una passata di Matte Velvet Passion di Kiko e mi trasformo completamente.

Faccio colazione canticchiando e spalmando marmellata sul toast, non vedo l'ora di vedere Alice e raccontarle di Chris, chissà se crederà a quello che le dirò. Un altro pensiero dipinge un sorriso sul mio volto, devo mandare il video-provino all'accademia!

Sparecchio la tavola e lavo i piatti, oggi sono diligentissima.

«Ciao tesoro, mattiniera?» La nonna compare sulla porta che dà sul giardino.

«Super sì! Oggi ho intenzione di fare un sacco di cose, probabilmente tornerò tardi.»

La nonna annuisce. «Bene, sono felice di sentirti positiva!»

Esco di casa praticamente correndo, risalgo il bosco con estrema facilità, ormai sono allenata e la fatica del primo giorno è scomparsa. Quando arrivo a casa di Alice suo padre è in giardino con altri colleghi.

«Ciao Evelyn, Alice è in casa.»

Gli altri uomini mi squadrano.

«È un'amica di mia figlia…» spiega Adamo ai colleghi. Io mi precipito in casa facendo le scale di corsa, e spalanco la porta della stanza di Alice.

«Non sai cosa mi è successo ieri!» urlo. Ma lei non si volta e non mi degna nemmeno di uno sguardo.

«Evy mi spiace, oggi non mi sento molto bene, non posso venire alle prove.»

Mi blocco, ma cosa le è successo? «Mi spiace Ali! Posso saltarle per un giorno, ti tengo compagnia…»

Alice ancora non si è voltata, mi dà le spalle e sembra infastidita dalla mia presenza, ma che le prende?

«No, figurati, vai pure.»

È sicuramente successo qualcosa, forse ha a che fare con i colleghi di Adamo?

«Alice, ma che succede? Mi puoi spiegare?»

Finalmente lei si alza, non l'ho mai vista così. «Nulla, non sto molto bene, tutto qui.»

Sono sicura che non sia la verità...

«È successo qualcosa a tuo padre? Forse quella conversazione che avevamo sentito...»

«No, mio padre non c'entra, è solo un po' di influenza» taglia corto lei.

«E ora è meglio che mi rimetta a letto.»

Esco da casa di Alice un po' infastidita, non comprendo la ragione del suo comportamento, ripenso velocemente alle ultime cose che sono successe ma nessuna di queste mi suggerisce una spiegazione. Decido che nel pomeriggio tornerò a casa di Alice per pretendere un chiarimento, ma per il momento meglio lasciarla stare, non voglio rovinarmi questa stupenda giornata.

Continuo la salita su per la montagna verso la casa di Chris, se per caso è da quelle parti vorrei parlargli. Arrivata in cima però mi sembra che di lui non ci sia traccia, probabilmente è già al lavoro nel bosco. Scarico gli aggiornamenti dal sito dell'accademia e invio il video-provino, sono molto soddisfatta. Nella posta c'è un messaggio di Leila...

"Ci ho pensato per settimane Evy, ma davvero non riesco a capire il motivo per cui sei arrabbiata con me, sono sicura che non sia solo perché ti sei sentita esclusa, c'è dell'altro ma non riesco a capire cosa, ti prego: aiutami a capirti."

Leggere questo messaggio mi fa male, ma come può non aver capito che provavo qualcosa per Johnny? Insomma, una vera amica dovrebbe capirle certe cose! Devo parlare a Leila, mi manca, però anche se ora non provo niente per Johnny è come se tra me e loro si fosse rotto qualcosa. Prendo il telefono e faccio il numero di Leila, meglio chiamarla adesso. Il telefono però squilla a vuoto, non risponde. Sospiro, e con estrema fatica decido di chiamare Johnny.

«Evelyn.» Lui risponde al secondo squillo, la sua voce è fredda e distaccata, non mi chiama mai con il mio nome di battesimo.

«Ciao Johnny, siete ancora al mare?»

Lui aspetta un attimo prima di rispondermi. «No, siamo tornati, dopo quello che è successo e che tu sicuramente sai, io e Leila non ci siamo più sentiti.»

Noto un tono accusatorio nella sua voce.

«Johnny, non posso mica saperlo, d'altronde tu non mi hai più chiamata.»

Lui fa un'altra pausa.

«Se ti avessi chiamata ti avrei detto che sei una persona malvagia, Evy, quindi ho preferito non farlo.»

Cosa ha appena detto?

«Johnny, ma che stai dicendo? Sono io quella offesa, sono io quella che avete abbandonato.»

«Cresci un po' Evelyn, dopo che Leila ti ha confessato che l'ho baciata tu l'hai trattata malissimo, lei è distrutta per te e tu fai di tutto per farla stare peggio!»

Non posso credere che Johnny si rivolga a me in questo modo orribile.

«Tu sei pazzo, e sei anche uno stronzo, non ti sei chiesto perché mi faceva così male l'idea che tu l'avessi baciata?» Sono assolutamente fuori controllo.

«No, sinceramente non ne ho idea, Evelyn, credo fosse un capriccio» mi dice lui, facendomi tremare dalla rabbia. Butto giù il telefono, non posso sopportare un minuto di più questa stupida conversazione. Fanculo Johnny. Butto il cellulare sul prato che subito inizia a vibrare, è una chiamata di Leila, ma ora non posso rispondere, sono troppo arrabbiata.

E questa doveva essere una magnifica giornata? Voglio vedere Chris, sono sicura che lui sia l'unico capace di tirarmi su il morale. Scendo nel bosco dirigendomi verso il palco, oggi non ho alcuna voglia di fare le prove, ma devo. Inizio a fare un leggero riscaldamento, mi fa strano allenarmi senza Alice, mi manca qualcosa. Il bosco attorno a me intanto vibra di colori smeraldo, cerco di trovare conforto in questa luce. Sono io a essere matta o le persone che mi circondano sono completamente fuori di testa?

Dopo le prove torno a casa di Alice, ma suo padre mi dice che è uscita, come è possibile? Non aveva l'influenza? Ringrazio Adamo e mi dirigo verso il bosco, voglio trovare Chris, ho bisogno di lui. Per prima cosa vado a cercarlo oltre il fiume, dove solo una settimana fa mi ha aiutata a scegliere la legna per il palco. Camminando cerco di scacciare via la tristezza di poco prima, Johnny al telefono, Alice che mi evita.

Arrivo al centro del bosco, i polmoni del bosco, come li chiama Chris. Qui non c'è traccia di lui, decido di tornare a controllare in cima alla vetta, la testa della montagna. Risalgo il pendio lentamente guardandomi attorno, non so come farò a Milano lontano da questo splendore.

Sulla vetta non c'è nessuno, la casa di Chris ha le finestre serrate e non riesco a scorgere nulla all'interno, decido comunque di avvicinarmi per controllare meglio, devo stare attenta a non farmi vedere da suo padre.

Passeggio avanti e indietro vicino al cancello di legno in cerca di qualche segnale, non so nemmeno io cosa fare, decido di suonare il campanello. Dopo un istante la porta si apre, ma il ragazzo che mi si para davanti non è Chris, è suo fratello.

«Stai cercando Chris?» mi chiede accendendosi una sigaretta, fisicamente sono molto simili.

«Sì, è in casa?» chiedo un po' agitata, suo fratello mi sorride.

«No, bellezza, ma puoi sempre parlare con me se vuoi.»

Si avvicina e io arretro. Lui si appoggia con i gomiti al cancello e mi studia, mentre mi soffia addosso il fumo della sigaretta. Io tossisco.

«No, devo parlare con lui» affermo, questa volta più decisa.

«Non credo che Chris ti parlerà mai più, anzi, conoscendolo ne sono sicuro, non parla più nemmeno a me.»

Il sorriso del fratello di Chris si contrae in una risata amara. Quello che ha appena detto non ha senso, lui legge lo stupore sul mio viso.

«Ah… ma tu non lo sai ancora, vero?»

Inspira un'ultima boccata di fumo e poi spegne la sigaretta contro il cancello, lasciando il segno della bruciatura.

«Sapere cosa?» sussurro, mentre il fratello di Chris alza un sopracciglio.

«Qualcuno ha spifferato l'esistenza di un posto segreto nella foresta, Chris lo chiama il cuore del bosco, mio padre l'ha comprato per poche centinaia di euro.»

Le gambe mi tremano, e la testa si annebbia.

«C… cosa?»

«Non ho tempo per le spiegazioni, io sono in partenza bellezza, non ho intenzione di rimanere in questo posto un minuto di più» dice, guardando con disprezzo la montagna.

«Chris lo trovi nel cuore del bosco, sono sicuro che sai dove sia.»

Mi schiaccia l'occhio, il cuore del bosco, il suo posto segreto, indietreggio, poi inizio a correre verso la parte opposta della montagna.

«Non mi dai neanche un bacio?» sento urlare il fratello di Chris, ma io fuggo lontano senza più voltarmi.

31

Tutto sta precipitando senza una ragione precisa. E se fosse uno stupido scherzo? Mi fermo a prendere fiato, sì: forse il fratello di Chris mi ha solo presa in giro. Ma Alice? Quali motivazioni avrebbe avuto lei per evitarmi? E le due cose sono collegate? Se c'è una risposta la devo scoprire ora. Correndo mi ferisco la gamba contro un cespuglio di more, il sangue scorre caldo dal mio taglio, ma non ho tempo di medicarmi, devo raggiungere Chris. Arrivo al grande pino senza fiato, mi appoggio al tronco stremata. Sono pronta, lo supero e mi trovo di nuovo nella valle incantata, ma lo spettacolo questa volta non mi dà sollievo. Chris è seduto davanti alla cascata a gambe incrociate.

«Chris!» urlo, ma lui non si volta, il gorgogliare dell'acqua mi copre la voce, mi avvicino zoppicando e delicatamente gli poggio una mano sulla spalla.

«Chris...»

Lui prontamente mi afferra la mano, trascinandomi per terra, solo dopo si rende conto che sono io.

«Chris… sono Evy» sussurro io, un lampo attraversa i suoi occhi glaciali, lui mi stringe la mano più forte.

«Chris… mi fai male!»

Lui molla di colpo la presa ritornando in sé e si alza in piedi, osservandomi dall'alto.

«Come hai potuto…?» sussurra, indicando la cascata. Io non capisco, ma sono spaventata, i miei occhi si riempiono di lacrime.

«Come hai potuto distruggere questo posto, io… l'ho mostrato solo a te e tu l'hai fatto a pezzi!»

Scuoto la testa disperata cercando di soffocare il pianto.

«Ma che vi prende a tutti? Io non ho distrutto proprio niente, non capisco cosa dici!»

Mi alzo e cerco di abbracciarlo, ma lui arretra.

«Tu mi hai ucciso, questo posto l'hai fatto a pezzi, io mi fidavo di te… non farti vedere mai più!»

Una fitta forte e profonda mi colpisce il petto, voglio svegliarmi da questo incubo. «Svegliati, svegliati svegliati!» mi urlo, ma non accade nulla.

«Chris…» sussurro ancora, mentre le lacrime mi rigano il volto e la testa mi scoppia.

«Ci faranno un centro sportivo, e una palestra di danza…» dice a denti stretti.

«Chris... non sono stata io...» rispondo, con la voce rotta, pregandolo di darmi ascolto.

«Vattene via, Evy! Non voglio vederti mai più, pensavo fossi diversa ma mi sbagliavo, tu sei come tutte le altre ragazze della città, l'unica differenza è che sai ballare.»

Queste parole mi fanno così male che il dolore mi offusca la vista.

«Ma sai una cosa? Non sai ballare neanche bene perché sei vuota dentro! Potrai anche eseguire bene i passi, ma non emozioni nessuno, non sarai mai una ballerina!»

Le gambe tremano, lo stomaco si chiude di colpo e io ricaccio indietro un conato di vomito, cosa hai detto Chris... perché hai distrutto tutto?

«È davvero quello che pensi di me?» gli dico, mentre per la paura stringo i pugni spingendo le unghie contro palmi. Lui ride amaramente.

«Non sono mai stato più sicuro in vita mia, tu sei vuota.»

Arretro lentamente, la gamba mi brucia ma il cuore mi fa più male, sono accecata dal dolore.

«Ti ricordi quell'esercizio di matematica che abbiamo fatto insieme?»

Lui mi osserva con disprezzo.

«Ascoltami bene» gli dico, con l'ultima parte di me

che non è andata in frantumi, «è più probabile essere in due città diverse nello stesso istante che tra te e me possa esserci qualcosa!»

L'ultimo fiato che mi è rimasto mi abbandona.

«Questo significa che è impossibile che accada ancora qualcosa tra di noi» conclude lui, sicuro.

«Sono d'accordo.»

«E ora sparisci dalla mia vita, Evelyn, io voglio scordarti per sempre.»

Io mi volto e inizio a correre più veloce che posso, forse non sto correndo: sto scappando da me stessa, voglio essere nel corpo di qualsiasi altra ragazza e non tornare mai più a essere Evelyn, mai più a sentire questo dolore.

Non guardo dove sto andando, voglio solo arrivare a casa prima di cadere a terra e morire. Sì, avete sentito bene, morire... Il dolore è sottovalutato, il male che provo ora non l'ho mai provato in tutta la mia vita, se questo non è morire allora non esiste la morte.

«Evelyn! Cosa ti succede?»

Manuel, Jessica e Valentina sono in prossimità del lago, quando mi vedono in questo stato iniziano a bisbigliare, ma io li evito e continuo per la mia strada zoppicando, ma Manuel mi rincorre.

«Evelyn ti prego, dimmi cosa succede, voglio solo aiutarti!»

Io mi fermo, non riesco neanche a parlare.

«Chris mi odia, e Alice non mi parla più» riesco a dire prima di lasciami cadere per terra.

«Ma che hai fatto alla gamba?» Io mi guardo la ferita, è l'ultimo dei miei problemi.

«Ti accompagno a casa.»

Io scuoto la testa. «No Manuel, non mi puoi aiutare.»

Lui sospira, chiede alle altre ragazze di allontanarsi, poi mi appoggia una mano sulla spalla.

«Hai saputo del terreno di Chris? Suo padre l'ha venduto ad Adamo per…»

Io lo fermo, non voglio sentire di nuovo questa orrenda storia.

«So tutto.»

Lui annuisce. «Forse so cosa è successo ad Alice.»

I miei occhi si illuminano, recupero un filo di vita e di speranza. «Dimmi!» lo esorto.

«Io sono innamorato di Alice, ma lei è da sempre innamorata di Chris» dice Manuel sospirando. Queste parole mi destabilizzano.

«Chris?» chiedo sconvolta, soffoco una risata isterica.

«Credo che dopo la festa lei sia stata molto male nel vedervi insieme.»

No, non è possibile.

«Alice innamorata di Chris?! Ma cosa stai dicendo Manuel! La conosco, me lo avrebbe detto!»

Manuel alza le sopracciglia un po' a disagio.

«Evy, a volte, anche se si tratta di una cara amica, non è facile vedere la verità.»

Le sue parole sono per me come uno schiaffo in pieno volto, mi viene in mente solo una persona, Leila.

Come ho potuto essere così stupida? Io ho fatto ad Alice esattamente quello che Leila ha fatto a me senza accorgersene, io ho quasi baciato il ragazzo di cui la mia amica era innamorata. Tutto il mondo crolla con un incredibile peso sulle mie spalle che io non posso reggere. Mi rialzo, e scappo nel bosco, Manuel prova a fermarmi ma io sono troppo lontana e lascio che la sua voce profonda riecheggi senza raggiungermi.

32

A casa sono sola, non so dove sia finita la nonna, mi butto sotto la doccia per lavare la ferita e lascio che il getto freddo porti via il sangue e i miei pensieri. Come posso aver fatto lo stesso errore di Leila? Esco dalla doccia e mi avvolgo in un asciugamano morbido, ma il tessuto non mi dà sollievo e sento invece il freddo penetrarmi fino in fondo alle ossa. Devo chiamare Leila. Afferro il telefono e me lo porto vicino all'orecchio tremando, ma squilla a vuoto, parte la segreteria, decido di lasciare un messaggio sperando che lo ascolti. La mia voce è sottile e rotta dal pianto.

«Leila, sono io, Evy… mi dispiace per quello che è successo, ho sbagliato, ti chiedo perdono, Johnny è innamorato di te, devi dargli una possibilità, sono sicura che anche tu in fondo lo ami. Spero tu possa perdonarmi un giorno.»

Metto giù il telefono e lo butto sul letto.

E ora?

Rimango sola nella stanza con i capelli bagnati, mi corico sul pavimento di legno e faccio grandi respiri, sperando che il dolore passi, ma non passa, invece mi tornano in mente come schegge i momenti passati con Chris, la prima volta che mi sono tuffata insieme a lui nel lago, quando tutto il mondo mi sembrava un precipizio ma poi invece l'acqua mi ha accolto e mi sono sentita davvero viva per la prima volta. Oppure quella terribile notte di tempesta in cui l'ho visto lottare come un lupo con suo padre sotto la pioggia fitta e il mio cuore saltava come impazzito, mi rendo conto solo ora di quanto la sua vita, in quel momento, fosse più importante della mia.

E poi con il cuore a pezzi penso al futuro, a quella volta dopo la festa in cui Chris mi ha chiesto di immaginare una foto che mi ritraesse. Ho mentito quella volta. In realtà nel mio futuro non c'era solo la danza, nessun sogno si realizza se si è soli al mondo e non si è amati, dietro a ogni donna forte c'è sempre un uomo pronto a sostenerla. E io lo sapevo, nel profondo del mio cuore e nella foto c'era anche il ragazzo che sarebbe sempre stato al mio fianco, che mi avrebbe sostenuta in ogni situazione, che avrebbe detto: "Evy vai avanti perché la vita non si costruisce con i 'ma', 'se', 'invece'… ma con i 'nonostante'... nonostante tutto ce la faremo insieme".

Ma ora questi ricordi cadono lenti in un letto di fiamme, il fuoco li divora riducendoli in cenere, non esiste più nulla. "Sei una ragazza vuota"... ripensare a questa frase mi fa morire. Ho sbagliato tutto, mi sono innamorata di nuovo del ragazzo sbagliato, ma questa volta l'ho amato davvero.

Ricordo la fossetta del suo sorriso... dimenticala....

Il profumo della sua pelle... dimenticalo...

Il suono della sua voce, caldo e forte... dimenticalo...

Ma si può davvero ordinarsi di dimenticare qualcosa?

Il solo pensiero di non potermi liberare di questi ricordi, e che dovrò conviverci per sempre, mi fa scattare in piedi dal letto, devo scappare, ma come faccio a scappare da qualcosa che è dentro di me? Aiutatemi vi prego, e non ditemi che il tempo guarisce le ferite perché la sola idea di passare un minuto di più con questo dolore mi uccide. Di colpo mi metto a urlare, non trovando un altro modo per scacciare il dolore, mi porto il cuscino vicino alla bocca e grido tutta la mia rabbia.

Perché ho perso i miei migliori amici...

Perché il ragazzo che amo mi ha appena infilato un coltello nel cuore...

E perché sono tanto sola e non ho idea di cosa fare...

«Evelyn!» Qualcuno mi chiama dalla finestra, costringendomi ad alzarmi e ad affacciarmi fuori. «Evelyn, devi venire assolutamente con me!»

Manuel sembra davvero spaventato, sta ansimando, probabilmente per la corsa, ma non sa che con me perde solo tempo, non può fare assolutamente nulla per aiutarmi. Sto per chiudere la finestra quando la sua voce mi ferma. «Tua nonna è in ospedale, sta molto male.»

Stringo forte la maniglia della finestra, di colpo torno lucida, recupero la mia voce.

«Cos'è successo?»

33

Arriviamo in ospedale con la macchina del papà di Manuel, lui mi domanda se ho bisogno che mi accompagni ma io gli chiedo se può aspettarmi fuori, se è successo qualcosa alla nonna lo devo scoprire da sola.

Le corsie anonime dell'ospedale mi disorientano e mi mettono freddo, le infermiere mi guardano come se avessi il volto di chi non dorme da notti. Dove devo andare? Una dottoressa gentile mi rivolge la parola.

«Stai cercando qualcuno, cara?»

Annuisco. «Lea Giuliani!» dico, sperando con tutto il cuore che la dottoressa non mi dia cattive notizie.

«Seguimi, cara» dice lei, con tono neutro. Attraversiamo un lungo corridoio e prendiamo l'ascensore fino al primo piano, nelle altre stanze i pazienti si riposano, l'ora delle visite è appena iniziata.

«Tua nonna ha avuto un ictus stamattina, i vicini se ne sono accorti perché hanno sentito il cane abbaiare...»

Lucky. Stamattina. Ictus. Le parole della dottoressa mi rimbombano in testa. E io dov'ero?

«Ma ora come sta?» sussurro.

«L'ictus è improvviso, purtroppo può capitare da un momento all'altro, ora sta un po' meglio ma dobbiamo tenerla sotto osservazione.»

L'infermiera mi indica una porta bianca. Io aspetto qualche secondo prima di entrare, le mani mi tremano ma devo calmarmi, non voglio che la nonna mi veda in questo stato. Stringo i pugni e cerco di farmi coraggio con la poca forza che mi è rimasta. Apro la porta.

La nonna è sola nella stanza, indossa un pigiama bianco che la fa sembrare ancora più magra, ai polsi ha delle flebo e dei lacci che la stringono forte, non avrei mai voluto vederla così, la mia nonna per la prima volta mi sembra fragile e indifesa, come una bambina, vorrei tanto abbracciarla.

«Nonna, sono io...» dico, lei apre gli occhi ma non mi può vedere, accenna un debole sorriso.

«La mia bambina, mi chiedevo giusto se ti avessero avvisata, spero non ti sia spaventata troppo...»

Mi avvicino al letto e appoggio la mia mano sulla sua, è fredda.

«Nonna, ma che dici...»

Lei ricambia la stretta, la sua voce è sottile, non ha altre energie. «Ero preoccupata per te» mi dice.

«Oggi non è proprio la tua giornata fortunata, tua nonna è in ospedale e il tuo ragazzo sarà distrutto.»

Le parole della nonna mi allarmano.

«Cosa... cosa...»

La nonna mi stringe la mano più forte. «Stamattina ho scoperto che Rob ha venduto il terreno, era una sorta di posto segreto per Chris, ma qualcuno ha fatto la spia a Adamo che l'ha comprato per pochi soldi...»

Allungo una mano e tiro vicino a me uno sgabello, mi siedo, la testa mi gira.

«Questo mi ha fatto riflettere molto... stavo andando in soffitta a prendere alcune lettere che non leggevo da tempo, ed è allora che sono stata male.»

Sospiro, mi sento in colpa. «E io ero lontana da te e non ho potuto aiutarti...»

La nonna mi accarezza il viso. «Ma cara, sono abituata a vivere da sola, non puoi mica farmi da infermiera...»

Io rido, mentre una lacrima mi accarezza il viso, la nonna la sente.

«Lui pensa che sia stata io a fare la spia» dico alla nonna, asciugandomi la lacrima.

«Ma come è possibile, Evy? Tu non faresti mai una cosa del genere, ovvio che no...»

Le stringo la mano più forte.

«Lo so! Ma ora tu sei qui in ospedale, non possiamo parlare di Chris, io... io... ma perché sta tutto crollando a pezzi?»

La nonna mi fa segno di fare un lungo respiro. «Sai, Evy, i medici hanno detto che mi rimetterò in forze, non devi preoccuparti per me...»

A questo punto scoppio a piangere. «Ma come faccio a esserne certa? Sei l'unica persona che mi è rimasta! Chris mi odia e ho perso Alice. Io... io... mi sento così sola, non puoi abbandonarmi anche tu!»

La nonna sospira dolcemente. «Evy, io ti prometto che mi rimetterò in forze e uscirò da questo posto, ma non posso vivere per sempre... Le cose finiscono, devi accettarlo, e devi pensare al presente.»

Mi alzo in piedi di scatto.

«No, io non posso accettarlo e non voglio pensare al presente...»

«Bambina mia, devo proprio raccontarti una storia.»

E fu così che iniziò il racconto della nonna, e io scoprii tutta la verità.

34

«L'amore può essere ciò di più bello che la vita ha da offrirti, oppure la causa della tua stessa rovina.»

Inizia così il racconto della nonna, che mi narra di come da ragazza si fosse innamorata di un giovane che non poteva sposare perché le rispettive famiglie si detestavano.

Ma quel ragazzo non era il nonno.

Il suo nome era Filippo.

Ripenso all'iniziale che ho trovato in fondo a tutte le lettere in soffitta, una "F".

«Filippo è stato l'unico amore della mia vita.»

E se vale la pena rischiare, io mi gioco anche l'ultimo frammento di cuore.

F.

«Filippo era il nonno di Chris.»

Vertigini. Adesso tutto torna. La nonna era innamorata del nonno di Chris.

«Volevo molto bene a tuo nonno Antonio, Evy, ma l'amore che provavo per lui non è mai stato paragonabile a quello per Filippo...»

Provo a immaginare la nonna da giovane, deve essere stata molto bella, chissà se Filippo aveva gli stessi occhi di Chris.

«E poi cos'è successo?»

La nonna sospira.

«Ho sposato tuo nonno, Antonio, e Filippo ha sposato un'altra donna, la nonna di Chris, una certa Camilla...»

Quindi non si sono mai più rivisti.

«Ma la storia non è finita...»

O forse sì.

«Ci fu un terribile incendio una notte in un campo, la nonna di Chris, Camilla, morì.»

Un incendio...

«Così Filippo rimase vedovo...» dico. La nonna annuisce, malinconica.

«Io e Filippo iniziammo a comunicare di nascosto, attraverso le lettere.»

Ecco il significato di quelle meravigliose lettere d'amore, era l'unico modo che la nonna e Filippo avevano per comunicare.

«Ma una notte ci fu un altro incendio, questa volta nella mia casa, fu lì che io persi la vista.»

La mamma mi aveva detto che la nonna si era ferita gli occhi con il fuoco.

«Da quel giorno non ho più potuto mandare lettere a Filippo e abbiamo smesso di sentirci del tutto.»

Il fuoco, questa parola continua a tornarmi in mente... ripenso alla conversazione di Adamo.

«Ma chi ha appiccato il fuoco?»

«Del primo incendio nessuno lo sa...» La nonna fa un sospiro. «Il secondo, quello in cui ho perso la vista, è stato il padre di Chris.»

Cosa? La verità mi arriva dritta fino al cuore.

«Ma perché ha fatto una cosa del genere? Era solo un ragazzo!»

La nonna scuote la testa.

«Aveva scoperto le lettere tra me e Filippo e credeva che io fossi responsabile della morte di Camilla, pensava che avessi appiccato io il primo incendio, così Filippo sarebbe rimasto vedovo...»

«Ma è assurdo...» Completamente senza senso.

«Lo so, ma ai tempi Rob era solo un ragazzo, non intendeva uccidermi, voleva solo spaventarmi...»

Mi appoggio sconvolta allo schienale della sedia.

«Ma come ha potuto credere che tu avessi ucciso sua madre?»

La nonna sospira. «Quando si è giovani e spaventati si credono un sacco di cose, Chris non pensa che sia stata tu a svelare a Adamo il suo posto segreto? Non è poi così diverso...»

Chris, è vero. La nonna mi vede assorta e continua...

«Rob si pentì molto di quello che aveva fatto, credo che non si sia mai perdonato.»

Ora voglio fare una domanda precisa alla nonna. «E la mamma di Chris? Perché è scappata?»

La nonna stringe la coperta bianca tra le mani. «Un giorno in cui mi sentivo a pezzi ho confessato alla mamma di Chris che era stato suo marito ad appiccare l'incendio che mi ha fatto perdere la vista, lei ne era all'oscuro, quando l'ha scoperto l'ha lasciato...»

Non ci posso credere, è stata la nonna a far allontanare la madre di Chris.

«E così Rob si è depresso e ha iniziato a bere.»

La nonna annuisce tristemente. «Esatto.»

Sospiro, ora tutto torna.

«Come vedi ognuno di noi ha le proprie colpe, Evelyn, dalle battaglie non si esce mai salvi senza fare qualche compromesso, ognuno di noi è colpevole ma tu puoi ancora salvarci...»

Io? «Ma come?»

La nonna mi stringe la mano.

«Tu puoi spezzare questo cerchio di odio che va avanti da generazioni, e l'unico modo per farlo è il perdono. Torna da Chris e non lasciare che l'amore della tua vita venga spazzato via dal vento, te ne pentirai per sempre.»

«Ma non posso, lui mi ha detto delle cose terribili, io...»

La nonna mi accarezza il viso.

«Sono sicura che quando si è arrabbiati si dicono tante cose brutte che non si pensano, e poi è proprio questo il senso del perdono, riuscire a farlo quando le situazioni non sono facili.»

Sospiro. «Ma lui non perdonerà mai me, crede che io sia colpevole...»

La nonna scuote la testa. «Se è il ragazzo giusto cambierà idea, Evelyn, altrimenti non ne valeva la pena, tu però fa' la tua parte.»

Sospiro. «Ma Alice è innamorata di lui...»

La nonna scuote la testa. «Ma lui non ama lei, Evelyn, quindi puoi scegliere se tirarti indietro e lasciare che tutti e tre siate infelici o parlarle.»

Le stringo la mano, le voglio davvero bene. Guardo l'orologio, si è fatto tardi, l'orario delle visite è finito, le do un bacio e mi avvio verso la porta, ma prima di andarmene mi volto ancora una volta.

«Non vorresti rincontrarlo, ora?»

La nonna sorride. «Filippo ora è in cielo, ma esiste ancora nei miei ricordi.»

Prima di uscire dall'ospedale ricevo un messaggio, qui la connessione prende, credo sia di Leila, ma invece è l'accademia.

"Gentile Evelyn Bianchi, siamo lieti di comunicarle che il suo provino ha superato la prima selezione, la invitiamo a presentarsi all'audizione in data 7 settembre ore 15.30.

Come da regolamento deve riprodurre nella medesima modalità la colonna sonora del video provino, in caso contrario potrà esibirsi solo ed esclusivamente senza musica."

Chris non accetterà mai di suonare per me, sono spacciata.

35

Ringrazio Manuel per il passaggio e lo abbraccio, non so se riuscirò a rivederlo ancora prima della mia partenza, ma mi è stato davvero vicino.

«Perché non ti sei mai dichiarato ad Alice?» chiedo, cogliendolo impreparato.

«Perché non ci sono mai riuscito» ammette.

Io gli sorrido. «Ti capisco, ma sai, a volte è meglio perdere che vivere in una vita a metà.»

Lui ci pensa su. «Hai ragione, Evy.»

Ci abbracciamo. Lo saluto e mi avvio verso casa.

«Ah, Evelyn!»

Mi volto.

«Io ti credo, so che non sei stata tu a svelare il segreto a Adamo.»

Sorrido.

«Ti ringrazio.» Mi affligge un ultimo dubbio. «Ah, Manuel!»

Lui si volta.

«Sei stato tu a fingere che ci fosse un guasto alla Festa della Luce per far suonare Chris per me?»

Manuel mi osserva, poi alza le spalle e sorride. «In amore ci vuole coraggio Evy, ma anche un pizzico di fortuna» mi dice, prima di sparire nel bosco.

A casa inizio a fare la valigia, la nonna domani dovrebbe uscire dall'ospedale e voglio che trovi la casa in perfetto ordine, la voglio ringraziare per il tempo passato insieme, nonostante sia stato estremamente doloroso in alcuni momenti, la sua presenza è stata davvero preziosa. Alice non si è più fatta vedere, ho provato a contattarla più volte ma Adamo mi ha sempre risposto che si sentiva poco bene, ovviamente è una bugia ma lui non voleva essere scortese.

Mentre metto le magliette in valigia ricordo i giorni che le ho indossate, alcune profumano di fiori. Devo fare una lavatrice. Trovo anche il vestito di Alice, quello che mi ha prestato per la notte delle lucciole, glielo restituirò domani, prima di metterlo in lavatrice me lo porto vicino al viso, non so se sto sognando ma percepisco il profumo di Chris. Sì, devo decisamente fare una lavatrice.

Il dolore non passa, semplicemente impari a conviverci e questo ti fa diventare grande. L'unica cosa positiva è che Leila ha risposto al mio messaggio, mi ha detto che sono perdonata e che la cosa più importante per lei è la nostra amicizia, la vedrò a Milano nei prossimi giorni; quanto a Johnny mi ha mandato delle scuse, mi ringrazia per aver parlato con Leila e averla convinta a dargli un'opportunità, ora si sono messi insieme. E io sono felice per loro, davvero. Mi spingono a credere che le cose possono andare bene per qualcuno, forse prima o poi anche per me. Forse.

Nei due giorni successivi mi sono impegnata a scrivere una lettera per Chris, so che non vuole vedermi, quindi gliela lascerò davanti a casa, spero davvero che questo possa fargli cambiare idea.

Chris,

ti scrivo una lettera perché è l'unico spazio che mi hai lasciato per dirti quello che provo. Sei stato uno stronzo, mi hai fatto del male e spero con tutto il cuore che tu non pensassi nemmeno una delle parole che mi hai detto, se è così continua a leggere…

Avrei voluto dirtelo a voce, ma non mi hai lasciato spazio, non sono stata io a distruggere il tuo posto segreto, non avrei mai potuto farlo perché ero innamorata di te, e il fatto che tu abbia potuto pensare anche solo un attimo che sia stata colpa mia mi fa male, molto male.

Davvero credevi che avrei potuto portarti via tutto

quanto per far costruire una palestra di danza in una città dove non vivo? Amo la danza, ma questa non viene prima delle persone a cui tengo, e credevo che tu tra tutte fossi quella a cui tenevo di più.

Ora ti voglio raccontare una storia che mi ha tramandato mia nonna e che ci riguarda entrambi in qualche modo...

Mi fermo un attimo, voglio davvero raccontare tutto a Chris? Dell'incendio? Dei nostri nonni? Ma sì, perché no, se mai questa lettera gli arriverà e se mai decidesse di leggerla forse capirebbe anche lui qualcosa in più sulla sua famiglia. Scrivo per quasi tutta la notte, scrivo cancello e riscrivo, gli parlo di Filippo, suo nonno, di come amasse Lea, mia nonna, e poi di Camilla, sua nonna, di come è morta in quel terribile incendio, e infine sì, gli parlo anche di sua madre.

Quando finisco di scrivere è quasi mattina, decido di farmi una doccia veloce e di andare a casa sua in cima alla montagna sperando che sia ancora in casa, ma dovrebbe, è abbastanza presto. Prendo la strada che va su per la valle nei boschi, il sole sta sorgendo lentamente, tingendo il cielo di colori meravigliosi, trovo il tutto un po' malinconico, questo pomeriggio prenderò il pullman che mi riporterà a Milano, è l'ultima volta che vedo questo spettacolo.

Davanti a casa di Chris busso tre volte, ma non apre nessuno, non ho intenzione di andarmene prima che qualcuno abbia aperto la porta. Non mi arrendo. Finalmente la porta si apre ed esce suo padre. Mi faccio coraggio.

«Devo consegnare una lettera a Chris.»

Rob sembra diverso dal solito, stranamente lucido. Si avvicina, non credo mi abbia riconosciuta.

«Chris se ne è andato, per sempre.» Cosa? Il sottile filo di speranza si spezza, definitivamente.

«Dopo che ho venduto quel maledetto terreno a Adamo è come impazzito, mi ha detto che avrei speso tutti i soldi nell'alcol...»

Mi gira la testa. È tutto finito.

«Be', a ogni modo se ne è andato, e non credo tornerà mai più.»

Ora Rob non mi fa paura, solo pena, come può sentirsi un padre che ha fatto una cosa del genere al figlio?

«Io non ho più toccato una goccia d'alcol, ma questo non mi riporterà mio figlio.»

Lo guardo, con gli occhi pieni di lacrime. «No, forse ormai è troppo tardi» dico a lui e a me stessa.

Lascio la casa di Chris sicura che non lo vedrò mai più, e le mie speranze di riconciliarmi con lui vanno in frantumi.

Decido di passare da casa di Alice, voglio almeno

dirle addio. Adamo apre la porta e recita la solita scusa, Alice è malata, ma io lo prego di farmela vedere almeno oggi, sto per partire. Lui acconsente e mi invita a entrare.

«Evy, che ci fai qui, non ti ha detto mio padre che sto poco bene?»

Sospiro. «Sì, ma ho insistito, tra poco parto, torno a Milano.»

Un lampo di stupore le dipinge gli occhi. «Oh, pensavo partissi più in là.»

Le sorrido tristemente. «No, oggi, il tempo è volato.»

Lei annuisce. «Allora buona fortuna, Evelyn.»

Vorrei dirle che mi dispiace per Chris ma non ci riesco, la metterei in imbarazzo e non servirebbe a nulla, sto per partire.

«Anche a te, Alice.» Mi avvicino per abbracciarla ma lei mi interrompe.

«Hai salutato Chris?» Ecco, ci risiamo.

«No, se ne è andato per sempre e non lo vedrò mai più» le dico sinceramente delusa.

«Oh, capisco…» Alice fissa la mia lettera, la stringo tra le mani.

«Questa era per lui, ma…»

«Dalla a me, gliela darò io, se dovesse tornare.»

Alice mi fa un mezzo sorriso, sono sicura che intende bruciarla, ma ormai non ha più importanza, le do la lettera e lascio che sia lei a decidere la sorte di me e Chris. Poi abbandono la sua casa con un macigno sul cuore.

La nonna è rientrata a casa dall'ospedale, vuole accompagnarmi fino al pullman, le dico che non deve se si sente poco bene, ma lei, tenace, insiste. Percorriamo il viale dei noccioli a ritroso e ci fermiamo per l'ultima volta davanti all'albero di ciliegie. Stacco un grappolo e ne porgo uno alla nonna.

«Come quando sono arrivata...» commento.

«La vita è un cerchio, ogni cosa termina con il proprio inizio.»

È proprio vero.

«Ma in mezzo c'è tutto un mondo» dico io, e lei mi sorride.

«Brava la mia Evelyn che ha imparato a rispondermi a tono.»

L'abbraccio forte prima di salire sull'autobus, mi mancherà tantissimo e non so quando sarà la prossima volta che ci rivedremo. La saluto mentre il pullman parte, osservando come la sua figura diventi sempre più piccola e piano piano scompare. Osservo scorrere dal finestrino i boschi, i prati, le valli di fiori e tutti quei luoghi che mi sembravano ostili ma che ho imparato ad amare. A ogni curva in discesa dico addio.

Mi metto le cuffiette e faccio partire la riproduzione

casuale su Spotify, tra tutte le canzoni parte *Kiss Me* di Ed Sheeran.

Tante cose sono casa. Qui ho imparato che si può chiamare casa una stanzetta in legno con una grande finestra da cui osservare il paese di notte, o il luogo dove vive la tua famiglia, o semplicemente un posto segreto, ovvero lo spazio dove ti trovi a combattere i tuoi draghi alati perché è l'unico dove ti senti veramente al sicuro. Chris mi ha insegnato che si può chiamare casa anche lo spazio tra le radici di un albero e il suo tronco, dove ti accoccoli seduta a guardare il cielo a valle, oppure più su, nella vetta, l'incavo di una roccia dove ripararsi dalla pioggia. Ora ho imparato che tutti questi luoghi sono casa, perché casa è qualsiasi luogo fermo lì nel tempo, che ti ricorda che c'è sempre un posto dove puoi tornare.

36

Il giorno dell'audizione sono un fascio di nervi, Leila e Johnny mi dicono di stare calma, che posso farcela anche senza musica, ma io sono assolutamente certa che non sia così, e forse un po' lo sanno anche loro.

«Evy, dài, non fare quella faccia!» mi canzona Johnny mentre stringe Leila forte a sé.

«Senti, se dovessi bloccarmi, e so che succederà, voi due dovete venire a rapirmi e portarmi il più lontano possibile da qui, il più in fretta possibile!»

Ridono. «Ok, ti portiamo a Riccione, così questa volta vieni con noi!»

Faccio una smorfia. «Che stronzi!»

Il cellulare vibra, un messaggio: "Buona fortuna Evy per l'audizione. Alice".

Sono sorpresa, ormai sono passate un po' di settimane dall'ultima volta che io e lei ci siamo dette addio in montagna, e da allora non ci siamo più parlate. Rispondo subito con un "Grazie mille Ali", perché immagino che si trovi sulla vetta vicino a casa di Chris, per riuscire a mandarmi i messaggi su WhatsApp. Il solo pensiero della cima mi mette tristezza. Non sono ancora guarita dall'immenso dolore per Chris.

«Evy, forza, il primo passo dovrebbe fare così, no?» mi scimmiotta Johnny sulle punte.

«Oh mio Dio, vai tu al mio posto ti prego!»

Leila sorride e mi abbraccia forte.

«La signorina Evelyn Bianchi...»

No, no, no: tocca a me! Non ci posso credere. Leila mi stringe i polsi.

«Honey, sono sicura che andrai benissimo, te lo prometto!» Mi schiaccia l'occhio, io faccio una smorfia e le do un bacio sulla guancia prima di entrare in aula. La stanza è calda e ha un meraviglioso parquet in legno, la porta dietro di me è aperta e i miei amici mi osservano.

«È lei la signorina Evelyn Bianchi?»

Mi schiarisco la voce. «Sì, sono io.»

«Bene, faccia pure entrare Christian Giuliani per l'accompagnamento musicale.»

Chris, solo il suo nome mi chiude lo stomaco, è passato più di un mese ma è come se fosse ieri. Ricaccio indietro le lacrime.

«In realtà sono da sola...»

L'uomo sulla sessantina si toglie gli occhiali e mi osserva sorpreso. «Ah, e chi suonerà per lei?»

Ok, posso farcela, prendo fiato.

«Nessuno.» Ecco, l'ho detto.

«Scusate il ritardo, sono venuto di corsa, ma questo traffico è pazzesco!»

Non è possibile, la sua voce. I muscoli del corpo si irrigidiscono, un tuffo al cuore mi coglie impreparata. Non è possibile, sto sognando.

E invece no, dietro di me, con i capelli scombinati e una camicia azzurra che conosco bene c'è lui.

«Oh, allora il signor Giuliani si è presentato, è d'accordo che suoni per lei, signorina Bianchi?»

Chris accenna un sorriso, mi sento le gambe molli. Vorrei tirargli uno schiaffo.

«Signorina, è d'accordo o no?»

Fisso Chris dritto negli occhi, lui ricambia il mio sguardo, esita.

«Sì, sono d'accordo» dico infine.

Da dietro la porta Leila mi fa segno che va tutto bene, ma come... lei sapeva che Chris sarebbe venuto? Si sono messi d'accordo?!

Ora devo concentrarmi. Chiudo gli occhi, inspiro, e ascolto le prime note di Chris dentro di me, sono una dolce melodia che mi trasporta in un altro universo, lentamente inizio a muovermi, e davanti a me la stanza si trasforma nel palco della Festa della Luce, sono ancora nel bosco in quella magica notte e tutto è meraviglioso come allora, solo che davanti a me, tra il pubblico, scorgo la nonna Lea, Alice, Leila e Johnny, i miei amici lì per me, e questo pensiero mi fa danzare ancora meglio, faccio un salto e atterro precisa sulle punte, poi alzo le braccia al cielo, ora sono nel posto magico di Chris, e insieme, davanti a una cascata splendente, ci baciamo, ora mi giro su me stessa e scendo in una spaccata, sono in piscina a casa di Alice, nuotiamo nell'acqua color cristallo, una giravolta e sono sul punto più alto della roccia che dà sul lago, Chris mi prende la mano e sussurra «Ti fidi di me?» e io rispondo di sì, prendo la rincorsa e salto nella stanza atterrando perfetta sulla punta dei piedi.

Silenzio.

Non apro gli occhi. Parte un applauso.

«Un'esecuzione impeccabile signorina Bianchi, la contatteremo nei prossimi giorni.»

Io faccio un inchino.

«Complimenti anche al suo accompagnatore!»

Mi volto e Chris mi fa un inchino. Io lo prendo per mano e lo trascino fuori, Leila e Johnny mi abbracciano.

«Ma voi vi siete messi d'accordo?!» chiedo, visibilmente sconcertata.

«Be', Chris si è messo in contatto con Johnny la settimana scorsa dopo la scuola, e io ho organizzato l'incontro.»

«All'inizio stavamo per prenderci a pugni, ma poi ho capito che è un tipo che ci sta un sacco.»

Chris e Johnny si danno una spallata.

«Io non so cosa pensare» dico, Chris si fa serio.

«Evy, so che ti ho deluso, ti chiedo di darmi un ultima possibilità, giuro che se non ti convinco sparisco per sempre dalla tua vita.»

Mi mordo un labbro, la nonna mi ha detto di perdonarlo, ma ce la posso fare davvero? Forse ho troppa paura che mi spezzi il cuore di nuovo, non sopravvivrei una seconda volta. Ho paura.

«Io…»

Chris annuisce, sempre serio. Mi è mancato da morire, e lo voglio perdonare, forse posso farcela, ma non so se dopo quello che mi ha detto potremo tornare insieme.

«Ti fidi di me? Ancora solo per questa volta» mi chiede lui.

«Va bene.»

Chris mi afferra la mano.

37

Esco dall'accademia quasi correndo, il vento tiepido di settembre mi scuote i capelli, una foglia dorata mi si attacca alla giacca di jeans, Chris mi stringe la mano, sicuro di sé.

«Dobbiamo prendere il pullman!» mi dice, io non ribatto, ho promesso di fidarmi ancora per questa volta. La fermata è a pochi isolati da noi, io osservo Chris muoversi in città, nonostante si veda che non apprezza Milano e il suo caos si muove disinvolto, è il solito lupo bianco. Aspettiamo il pullman una decina di minuti, lui mi porge una benda. «E con questa cosa ci dovrei fare?» chiedo, un po' disorientata. Lui mi sorride.

Sono sul pullman e ho gli occhi bendati, dove stiamo andando?

«Siamo quasi arrivati.»

In questo viaggio al limite dell'assurdo faccio lunghi

respiri, a volte la vita si capovolge davvero. Dal sedile dove sono rannicchiata sento il profumo di Chris, un dolce odore di bosco e fiori selvatici che ho provato a dimenticare in tutti i modi. Ma che sto facendo? Ripenso alle orrende parole che mi ha detto l'ultima volta che ci siamo visti, potrò mai perdonarlo?

«Siamo arrivati.»

Chris mi prende di nuovo la mano, io mi tolgo le cuffiette e scendo dal pullman, non ho alcuna idea di dove mi abbia portata, ho ancora la benda avvolta attorno agli occhi, ma sento il rumore di alcune auto che sfrecciano veloci, siamo sul bordo di una strada?

«Evelyn» mi dice lui quando il pullman è ormai ripartito, inizio ad avere paura.

«Quello che ti ho detto quella volta in montagna lo pensavo davvero.»

Lo stomaco mi si stringe di colpo. «Ma solo perché credevo che tu mi avessi tradito, e ti giuro: non so come abbia potuto convincermi di una cosa così stupida.»

Deglutisco. Una macchina suona rumorosamente il clacson, sento il rumore nitido delle ruote che sterzano, ma dove siamo?

«Quel posto è l'unico ricordo che ho di mia madre, e tu sai bene quanto la mia famiglia sia distrutta...»

Un leggero senso di vertigine mi solletica, è la paura, ma non quella dell'altitudine come quella volta prima di precipitare in fondo al lago: è il terrore di quello che potrebbe dire, ferirmi o sciogliermi.

«Io credo che tu sia un'ottima ballerina, perché balli con il cuore, lo stesso di cui mi sono innamorato.»

Non respiro. In lontananza avverto un'altra frenata.

«Ora so che la vita reale non è una fiaba, e che tu probabilmente mi odi e quella volta in montagna hai giurato che non saremmo mai potuti più stare insieme... Hai detto che era più facile essere in due città contemporaneamente allo stesso tempo...» mi dice lui. È vero, ho giurato.

«Ma a volte l'amore è più forte della logica» sussurra. Inizio ad avere caldo, la benda mi dà fastidio, avverto una moto che ci supera quasi sfiorandoci.

«Chris, non so cosa tu stia dicendo, ma non mi sento a mio agio, devi lasciarmi tempo per riflettere» dico, senza vederlo.

«Va bene, deciderai dopo esserti tolta la benda.»

Mi avvicina una mano ai capelli e delicatamente la sfila, i suoi occhi verdi tornano a brillare. Sono in mezzo a una strada statale di periferia, le macchine ci superano e suonano il clacson impazzite.

«Ma che accidenti stai facendo Chris?! Vuoi uccidermi?»

Faccio un passo indietro ma lui mi ferma, afferrandomi la mano. «Fidati» mi dice, calmo, mentre un'altra macchina ci evita per un soffio. Io sono fuori di me, è uno stupido scherzo.

«Ma cosa dovrei capire Chris?! È assurdo, siamo in mezzo a una strada!»

Faccio un altro passo indietro e gli lascio la mano, una macchina suona il clacson, evitandomi all'ultimo.

«Evy, ma proprio non capisci?» mi chiede, io ne ho abbastanza. Mi volto, prima che una BMW mi tagli la strada.

«Tu sei pazzo!» gli urlo io, infuriata e delusa. Chris scuote la testa.

«Guarda in basso!» mi grida da lontano.

Io abbasso lo sguardo, c'è una sottile linea bianca dipinta sulla strada, un mio piede è da una parte, l'altro dall'altra. E questo che significa?

«Chris ma che cavolo...»

Chris alza le braccia ridendo e mi mostra due cartelli stradali alle sue spalle, indicano rispettivamente uno la fine e l'altro l'inizio di due paesi diversi. Non è possibile, due città, il confine... mi porto una mano sul cuore.

«Sono... sono in due posti contemporaneamente!» urlo, prima che una Mercedes suoni il clacson facendomi le luci.

Chris ride forte, Dio quanto mi mancava la sua risata! E io capisco tutto. Attraverso la strada correndo e lui si avvicina a me, siamo l'uno davanti all'altra, le macchine ci evitano come schegge.

«Io so che non è il posto più romantico del mondo ma...»

Io scuoto la testa, sono commossa.

«Non c'è posto migliore per il primo bacio!»

Mi accarezza il viso e mi avvicina a lui, tenendomi una mano sulla schiena, poi poggia con delicatezza le sue labbra morbide sulle mie che si schiudono, e di colpo i rumori spariscono, siamo io e lui al centro del mondo e niente ha più importanza.

38

Le persone che amo non sono tante, si possono contare sulle dita di una mano, ma se così fosse io sarei il palmo, quella parte della mano tanto forte quanto delicata e vulnerabile.

Quando qualcuno tocca il palmo, però, tutte le dita si stringono fortissimo intorno, chiudendosi a pugno per proteggerlo. Per questo voglio ringraziare anche chi non è stato in grado di starmi vicino, chi mi ha abbandonata o mi ha fatto involontariamente del male, perché mi ha aiutata a farmi accerchiare e stringere a pugno dalle dita giuste, dita di diverso e identico splendore.

Ed è così che io e Leila siamo tornate quelle di una volta, inseparabili e legate ancora di più dai nostri errori, proprio perché ci siamo perse una volta e ora non vogliamo staccarci mai più.

Alla nonna, invece, sono legata da un filo che unisce le estremità del nostro cuore e trema tutte le volte che una delle due è in pericolo, in modo che l'altra lo sappia. La nonna, che mi ha fatto diventare grande senza insegnarmelo ma solo indicandomi il mondo con un dito e lasciando che fossi io ad afferrarlo.

E poi Johnny, l'assurdo e pazzo Johnny, che ha saputo essere l'amore della vita di Leila e che mi ha fatto soffrire, ma ora è tornato a essere un amico sincero per me. Johnny, un tempo l'ho amato forse, o forse ancora non sapevo cosa fosse l'amore.

E poi Alice, che invece ho perso, ma spero che con il tempo forse le cose si possano aggiustare. Alice mi ha scritto una lettera che è arrivata a casa qualche giorno dopo l'audizione, e che per poco non mi ha fatto cadere dalla sedia:

Cara Evy,

Ti scrivo perché è il modo più indolore per raccontarti tutto.

Inizio con il chiederti perdono, ho letto la lettera che mi avevi dato da consegnare a Chris con l'intenzione di buttarla, ma quando sono arrivata in fondo le lacrime mi rigavano il volto, non ho mai sentito parole d'amore più belle.

Ma purtroppo non è solo per questo che piangevo, leggendo la storia di tua nonna e dell'incendio che ha ucciso Camilla ho capito tutto. Ti ricordi di quando mio padre parlava di un terribile segreto? Si tratta proprio di questo. La mia famiglia da generazioni appicca incendi nel bosco per renderlo edificabile. È una terribile verità, è una tradizione macabra iniziata da mio nonno e trasmessa a mio padre. È stato mio nonno ad appiccare il primo incendio, quello che ha ucciso Camilla, è stata la mia famiglia a dare origine a questo cerchio di odio.

È una storia terribile, lo so, ma è la mia storia. Dopo aver scoperto tutto ho litigato duramente con mio padre e ho deciso di andare a cercare Chris per consegnarli la tua lettera, era nel suo posto segreto.

In montagna sono cambiate un po' di cose, mi sto vedendo spesso con Manuel che si sta dimostrando davvero speciale. So che adesso siamo lontane, ma spero che un giorno potremo tornare a essere amiche.

Addio.

Alice

A volte la soluzione è davanti a te ma tu non riesci a vederla, offuscata da problemi che ti volano attorno come farfalle. Il segreto di Adamo, se solo l'avessi ascoltato, era la chiave di tutto. Ovviamente c'è stato un processo in montagna, il nonno di Alice è stato riconosciuto colpevole dell'omicidio di Camilla, ma ahimè quell'uomo è morto anni fa. Comunque l'aver trovato il colpevole è stato un fatto sicuramente positivo, Rob si è messo il cuore in pace, non beve più, e le cose tra lui e Chris vanno meglio, almeno dal suo ultimo messaggio WhatsApp.

Ah, sì, giusto: Chris.

Be', Chris come avrete capito ha iniziato a usare internet, se state pensando che io gli abbia fatto cambiare idea vi sbagliate, è stata la montagna, ora vi spiego.

Mi sono permessa di creare una pagina Facebook pubblicando le foto del posto segreto, ho messo in evidenza il fatto che quel terreno sarebbe stato distrutto per costruirci un centro sportivo, e che l'uomo che l'aveva comprato aveva un padre folle che bruciava i boschi per specularci sopra...

"Un ragazzo mi ha insegnato che usare la tecnologia ti porta via dalla realtà, ma io, testarda come sono provo a convincerlo che a volte, se usata bene, la tecnologia può salvare la realtà: questo magnifico luogo sta per essere distrutto, se anche tu vuoi salvarlo firma la petizione!"

Conclusione? La pagina ha avuto una rilevanza pazzesca e indovinate un po'? La petizione l'hanno firmata in migliaia di persone, il posto di Chris è salvo, e presto riceveremo dei finanziamenti per proteggerlo, così che Chris possa mettere in atto il suo sogno: costruire una casa nel bosco.

Ecco perché Chris ha scaricato WhatsApp, ha capito che la tecnologia non sempre è malvagia, se usata nel modo giusto. Sono pure riuscita a fargli fare Facebook... ma per Instagram e Snapchat ci vorrà ancora qualche mese, facciamo le cose con calma.

«Evelyn! La cena è pronta!» Mia mamma mi chiama dal salone, non c'è il profumo del cibo delizioso della nonna ma me lo farò andare bene. Chris si avvicina a me e mi bacia, mordendomi dolcemente il labbro inferiore.

«Ti voglio ammazzare di baci! Perché non lo posso fare davanti a tua mamma?» Sospiro. La mamma ha acconsentito che Chris restasse da noi per il weekend, ma dobbiamo dormire in stanze separate. Lunedì io inizio l'accademia e lui ha l'esame per recuperare gli anni in una scuola di Milano, se dovesse passarlo forse le cose per noi potrebbero cambiare, ma non ne sono sicura, c'è sempre la possibilità che torni in montagna ad aiutare suo padre, in quel caso dovremmo stringere i denti e fare più fatica per stare insieme.

«A che pensi?» mi dice lui mentre mi cinge in un abbraccio che mi impedisce di sentirmi sola anche se fossi nel più remoto dei deserti. Guardiamo fuori dalla finestra la città e i palazzi che sembrano grossi tronchi avvolti nella notte, ripenso al bosco, è così strano avere lui qui...

«Penso che tra pochi giorni tornerai nel bosco e sarà difficile per noi.»

Lui mi stringe più forte.

«Ma non ti ho insegnato a pensare al presente? Io sono qui con te» mi dice, mordendomi il collo. Accenno un sorriso.

«E poi ormai ti ho incisa sulla mia pelle.»

Gli accarezzo il segno sul braccio, appena sopra al bicipite. Con un sorriso ripenso a pochi giorni fa, quando siamo andati insieme dal tatuatore, il permesso l'ho avuto scritto e firmato dalla nonna, ma ovviamente la mamma non ne sa niente.

«Guarda che dura per sempre!» gli avevo detto.

«Lo so.»

«Guarda che fa male!» avevo insistito.

«Lo so.»

«Guarda che non puoi più scordarmi, poi» avevo infine dichiarato, alla ricerca di qualche tentennamento.

«Lo so» aveva risposto ancora lui, ed era entrato per primo, avevamo optato per il disegno di un piccolo fiore in bianco e nero, un *Non ti scordar di me*, lo stesso che mi aveva regalato sulla vetta quando il mondo era per noi un giardino segreto ed eravamo gli unici a possederne le chiavi.

«Già fatto?» gli avevo chiesto quando era uscito, con il braccio un po' indolenzito, ma sotto il delicato fiore c'erano tre lettere a caratteri eleganti: «O.P.S.».

«Ma cosa vuol dire?» Gli avevo domandato, stupita.

«Ora Puoi Scordarmi» mi aveva sussurrato lui, mentre nei suoi occhi brillava il mondo intero.

Una leggera brezza autunnale mi sfiora la spalla nuda. Abbiamo deciso di incidere un segno sulla nostra pelle per ricordarci che nella vita si fanno solo passi avanti e mai indietro, ed è impossibile pentirsi di qualcosa se si vive davvero, nessun rimpianto, niente da scordare, solo ferite di guerra e strade che portano verso il cielo.

Chris mi afferra i fianchi. «Posso avere l'onore di questo ultimo ballo di fine estate prima della cena?»

Io sorrido, mentre appoggio delicatamente il mio viso sulla sua spalla forte, e mentre la notte ci stringe in un abbraccio io penso che comunque vada non potremo perderci mai, siamo parte dello stesso universo e per quanto vasto sia mi basta sapere che sopra di noi si estende lo stesso cielo.

«A cosa pensi?» gli chiedo questa volta io. Lui guarda la città dall'alto, i palazzi, le macchine, le luci lontane, poi sorride.

«Che ovunque, con te, mi sento a casa.»

Ringraziamenti

Ringrazio papà Luca e mamma Eleonora perché senza di loro non ci sarei io e quindi neppure questo libro.

Ringrazio mio fratello Omar, il primo a credere in me.

Ringrazio tutti i miei "follower" #ILNOSTROPICCOLOMONDO, perché non mi hanno mai abbandonata.

Ringrazio Eugenio Scotto per i NO che mi ha consigliato.

Ringrazio Benedetta Balestri per la pazienza e l'amicizia che mi ha dimostrato.

Ringrazio Viviana Maccarini, mia tutor in questa avventura.

Finito di stampare nel mese di maggio 2018
presso Grafica Veneta – via Malcanton, 2 – Trebaseleghe (PD)
Printed in Italy